文春文庫

夏休みの殺し屋

石持浅海

文藝春秋

目次

《依頼の決まり》

・ご自分の身分証明書と、殺したい人の写真をお持ちください。
・殺したい人の情報（氏名・住所など）をお知らせください。
分からない場合は、こちらでお調べするオプション（別料金）があります。
・ご依頼を受けてから三日以内に、
お引き受けできるかどうかお知らせします。
・お引き受けした場合、原則として二週間以内に実行いたします。

夏休みの殺し屋

近くで殺して

自虐ではないけれど、僕の顔は極めて没個性だ。

身長も体格も平均的。髪型も世間一般の会社員と何も変わりない。白髪が多いわけでも、しわが目立つわけでもない。つまりは特徴を捉えにくい外見だ。旧友の塚原俊介(つかはらしゅんすけ)曰く「二十代半ばから四十代半ばまでなら、何歳と言われても納得する」そうだ。まるで見た目に魅力がないと宣告されているような評価だけれど、僕にとっては有利に働く。没個性であるが故に、どこにいても目立たず周囲に溶け込めるからだ。

そんなわけで、今日は大学にいる。

学生食堂でも、大学院生にも教職員にも出入りの業者にも見えるから、誰からも怪訝(けげん)な顔はされない。僕は唐揚げ丼——この学生食堂の人気メニューだそうだ——を食べながら、右斜め前のテーブルに意識を向けていた。

テーブルを四人が囲んでいる。一人は三十代半ばから四十代はじめくらいだろうか。眼鏡はかけていない。顔は細く目が大きい。いかにも賢そうな顔をした男性だ。残る三人は、二十代前半といったあどけなさがある。一人は男性で、残る二人は女性だ。女性たちの方は調べていないけれど、男性の方は大学院生だとわかっている。細いというより痩せていて、切れ長の目は鋭さを感じさせた。

「今度の学会、宮崎でしたっけ」

若い男性が、年長の男性に話しかける。

「そうだよ。交通費もバカにならないから、覚悟しておけよ」

「学校から出ないんですか？」

女性の一人が言うと、年長の男性が「出るわけ、ないだろ。この貧乏大学が」と返した。もう一人の女性が「まったくですね」とコメントして、力のない笑いが起きた。

年長の男性と若い男性をそっと見て、誰にも気づかれないようにため息をついた。

面倒な依頼があったものだ。


「仕事が来たぞ」

事務所を訪ねてきた塚原が、開口一番そう言った。

僕は応接セットのソファを塚原に勧めた。来訪時間に合わせて淹れておいたコーヒーをカップに注いで、テーブルに置く。そして塚原の対面に座った。「どんな奴だ？」

塚原はルーズリーフ式のシステム手帳をめくる。不要になったページを外して処分できるタイプのものだ。

「名前は鈴木弘貴。東京繊維大学の院生だ」

「東織大か」僕が復唱すると、塚原は眉を上げた。「知ってるのか？」

「詳しいわけじゃないけど、多少は知っている」僕はそう答えた。「バイオテクノロジーに強い国立大学だよ。名前がいかにも三流大学っぽいからよくネタにされるけど、実は東京農工大学と並ぶくらいの難関だ。単科大学みたいな名前のわりには、規模もそこそこ大きい」

「そうなのか」塚原はたいして感心した反応を見せずに、システム手帳のポケットを探った。一葉の写真を取り出す。「こいつが、鈴木弘貴だ」

僕は写真を受け取って、しげしげと眺めた。

バストアップの構図だけれど、カメラの前に立たせてきちんと撮影したという写真ではない。写真加工ソフトウエアを使って、集団で撮影した写真から、この人物の部分だけ切り取って印刷した感じだ。つまり、被写体はこのような写真が存在することを知らない。

大学院生というくらいだから、二十二歳から二十七、八歳くらいまでの間だろう。確かに写真の人物は、そのくらいの年齢層に見えた。服の上からも痩せているのがわかる。頭髪は、そのようにセットしたというより、面倒くさいから散髪屋に行っていないといった長さだ。集合写真だから笑顔だけれど、目つきの鋭さは隠せていない。誰かが、この人物に死んでほしいわけか。

僕は富澤允（とみさわみつる）といって、経営コンサルタントを生業としている。「富澤允経営研究所」という看板を出していて、地域の小規模事業者や個人営業の店舗に対して経営のアドバイスするのが仕事だ。大手よりも料金は安価だし、それなりの結果は出しているから、業界ではわりと評判のいい方だと自負している。

ただし、他の経営コンサルタントと違うのは、能力差ではない。隠れた副業を持っていることだ。それが殺し屋だ。

普通の家庭に生まれて普通に大学を出たのに、なぜ殺し屋になってしまったのか。その辺の事情はともかくとして、高校時代の友人である塚原に連絡係になってもらって、殺し屋稼業を営んでいる。今日は昼間の経営コンサルタント業務を終えた後、依頼を受けた塚原がやってきたというわけだ。

写真を裏返す。「鈴木弘貴」という名前と自宅らしき住所。それから大学院の研究科、それから研究室名が書かれてあった。思わず頬が緩む。

コーヒーをひと口飲んで、塚原も笑った。湯気の向こうからこちらを見る。「やっぱり、そう思うか」

説明なしの科白（せりふ）だったけれど、こちらの考えを読んでのことだから、意味はわかる。僕もコーヒーを飲んで、連絡係の顔を見返した。

「研究科だけならともかく、研究室名まで書けるってことは、というか書きたかったということは、依頼人は大学関係者の可能性が高い」

学生がどの研究室に所属しているかというのは、大学関係者、特に同じ研究科に所属している人間であれば、重要視されることだ。依頼人にそういった意識があるから、つい研究室名まで書いた。そういうことなのだろう。

僕は写真をテーブルに置いた。「まあ、誰でもいいけどね」

塚原が笑顔のまま続けた。「どうする？　受けるか？」

僕の答えは決まっていた。「この写真の人物が本当に鈴木弘貴で、書いてある住所に本当に住んでいたら、受けるよ」

依頼人のくれた情報が間違っていることは、よくある。殺人を依頼するような人物は、精神的に追い詰められているからだろうか。依頼人が望んでいない人間を殺害しても、お互いのためにならない。だから標的の確認はきちんとするようにしている。

いつもの答えだけれど、塚原の話には続きがあったようだ。

「そうか。ちなみに、今回の依頼にはオプションがついている」

殺人の依頼については、基本料金として六百五十万円をいただいている。いわゆる上場企業の平均年収が、だいたいそのくらいなのだ。日本を代表する企業の年収を支払ってまで、相手を亡き者にしたいのか。その覚悟を問う金額でもある。

といっても基本料金というだけあって、依頼人が得られるのは、標的の死だけだ。こちらが依頼を受けてから、だいたい二週間以内に実行する。その期間内のいつ、どこで、どのように殺害するかは、こちらに任せてもらっている。

けれど依頼人の希望で、様々な条件がつくことがある。最も多いのは、実行の日付を指定するという条件だ。他にも殺害方法や、事故死に見せかけてほしいといったものもある。それらを叶えるためには、オプション料金が発生する。条件の難易度によって、料金が変わってくるわけだ。

僕は塚原を見返した。「何だ?」

「ひとつは、殺害証明だ。といっても、死体の写真を撮ってほしいとかじゃなくて、実行したら、すぐに知らせてほしいとのことだった。日付と時刻。それが必要らしい」

「殺害証明か」僕は繰り返す。「オプション料金は十万円だ」

「そうだな。でも、オプションはもうひとつある。こっちの方がでかい」

そう言いながら塚原は、システム手帳にまた指を差し込んだ。ポケットからまた写真を取り出す。

「こいつを第一発見者にしてほしいとのことだ」

写真を受け取る。こちらも男性の全身写真だ。背景が先ほどの写真と似ているから、同じ写真から切り取ったのかもしれない。

標的の鈴木弘貴より年長に見えた。三十代半ばから四十代はじめくらいだろうか。顔が細く、目が大きい。

ひっくり返して裏面を見る。「大野伸明(おおののぶあき)　東京繊維大学大学院　生命工学研究科　ゲノム解析研究室講師」と書かれてあった。鈴木弘貴と同じ研究科、同じ研究室だ。

「第一発見者指定か」僕はまた繰り返した。「そんな依頼は、はじめてだ」

「そうなんだよな」塚原が指先で頬をかいた。「料金表に載ってないから、伊勢殿も困ったらしい」

伊勢殿というのは、もう一人の連絡係だ。

依頼人と殺し屋である僕の間には、二人の連絡係が挟まっている。伊勢殿が依頼人から依頼を聞いて、塚原に伝える。そして塚原が僕に依頼を伝えるという流れになっているのだ。

どうしてそんな伝言ゲームみたいなことをしているかというと、お互いの安全のためだ。伊勢殿は僕のことを知らないから、依頼人に殺し屋の情報を教えることができない。同様に塚原は依頼人のことを知らないから、殺し屋である僕に依頼人の情報を教えようがない。この仕組みによって、依頼人は殺し屋に恐喝されることを恐れる必要はないし、僕も依頼人から警察に売られることを心配しなくていい。

臨床試験における二重盲検法に似たこのシステムは、塚原と伊勢殿が共同で作り上げた。僕は利用料を支払って、そのシステムを使わせてもらっているわけだ。

塚原が続ける。「だから伊勢殿は、とりあえず場所指定のバリエーションと判断して、殺害場所指定のオプション料金を依頼人に伝えている。もし不満なら、依頼を受けるかどうか回答するときに言ってほしいとのことだった」

「ふむ」僕は顎に指を当てて、伊勢殿の判断について考えた。場所指定のオプション料金は百万円だ。労働の対価として適正な価格なのだろうか。

　僕は顎から指を外した。

「いい判断だと思う。単なる場所指定よりも難易度は高いけど、同じ研究室の講師と院生だったら、チャンスはあるだろう。でも——」

「でも？」

「標的とその第一発見者候補を調べてみて、どうやったって実現不可能と判断したら、断る」

「ほほう」塚原が面白そうに口をOの字にした。「今まで無茶な依頼を実現してきたお前でも、不可能と思うことがあるのか」

「そりゃ、そうだよ」僕は両手を頭の後ろで組んだ。「その大野って講師が、病気で離脱中とか、留学中って可能性もある。そうだったら、第一発見者にしようがない」

「それもそうか」塚原が納得半分、という顔をした。「第一発見者にできそうだから、そんな依頼をしたんだと思うけど」

「依頼人の感覚と、実務者の感覚は違う」僕はそう答えた。「依頼を受けるかどうか、三日の猶予をもらっている。その間に調べてみるよ」

「わかった」塚原はコーヒーを飲み干した。「三日後に、また来る」

「おや」

事務所に入るなり、塚原がそう言った。僕の隣にもう一人いたからだ。

「塚原さん、いらっしゃい」

岩井雪奈が小さく手を振った。

依頼を持ってきてから三日後、塚原は僕が依頼を受けるかどうかを確認するためにやってきた。

塚原の反応どおり、今夜は雪奈が来ている。マンガ家の彼女は、連載の原稿が一段落したから、僕の様子を見に来たのだ。

僕が殺し屋だと知っているのは、連絡係の塚原と、恋人の雪奈しかいない。マンガ家らしく博識の雪奈は、依頼内容によっては有益な情報をくれることがある。だから塚原は、彼女が同席していても気にしない。

「どうする？」

ソファに腰掛けながら、塚原が訊いてきた。

僕は答える。「受けるよ」

「できそうなのか？」

「ああ。まず標的については、写真の人物が間違いなく鈴木弘貴で、書かれていた住所に住んでいることがわかった。大学の所属も合っている。修士課程の二年生だな。標的に関する情報は、間違っていない」

「第一発見者の方は？」

「写真の人物が、東織大の大野伸明という講師なのは間違いない。鈴木弘貴と同じ、ゲノム解析研究室に所属していることもわかった。この三日間、ちゃんと大学に通っていたから、第一発見者にすることはできるだろう」

「わかった。伊勢殿にはそう伝えておく」

僕は立ち上がった。察して雪奈も立つ。二人でキッチンスペースに向かった。僕が冷蔵庫から缶ビールを三本出して、雪奈が棚からビーフジャーキーの袋と皿を取った。応接セットに戻る。依頼を受けた日には、ビールとビーフジャーキーで、軽い決起集会を行う習慣になっているのだ。

「なんか、難しそうだね」ビールをひと口飲んで、雪奈が言った。「だって、標的ともう一人の行動をコントロールしなくちゃいけないんでしょ？」

「コントロールというほど、大げさじゃないよ」

僕はビーフジャーキーを噛みながら答える。「彼らの行動パターンを知って、ちょうどいいタイミングで実行するだけだ。今のところ見つけてないけど、実行まで二週間の余裕がある。なんとかなるだろう」

「まあ、実行については富澤に任せるよ」

塚原もビールを飲む。僕がテーブルに載せた写真に視線を向ける。

「大学院生が標的なのは、まあいいだろう」

「前には、標的が高校生や大学生っていう依頼もあったしね」

雪奈が言い、塚原がうなずく。

「でも、講師を第一発見者にするってのは、何の意味があるんだろうな」

「単純に考えると、その人を容疑者にしたいってことだよね」雪奈が答える。「第一発見者が最初に疑われるって、聞いたことあるし」

「そうか」塚原が目を大きくした。「富澤は凶器を現場に残すから、より疑われやすい」

賛同された雪奈は、逆に渋い顔をした。

「自分で言っておいてなんだけど、今どきの警察は、安易に犯人扱いしないと思うよ。もちろん事情聴取されるし、同じ研究室なんだから疑いの目で見られるのは間違いないと思う。でも実際には、その人は殺してないんだから」

「そうか」塚原がまた言って、目の大きさを戻した。「じゃあ、大野って講師に嫌がらせしたいのか。警察に疑われたら、相当うんざりするだろうから」

「嫌がらせに百万円払うのかって話だね」

「依頼人の経済状態がわからないから断言できないけど、ちょっと考えにくいか」

塚原が腕組みして、宙を睨む。「同じ研究室だから疑われるってのは、第一発見者じゃなくてもそうだからな」

「そういうこと」

雪奈がビーフジャーキーを囓ってビールを飲む。

恋人というひいき目を差し引いても、雪奈はかなり顔だちが整っている。「ヒロインより作者の方が可愛い」とネットで噂になったくらいだ。

けれど中身は、可愛らしい女の子のことしか考えていないという、おっさんの一面がある。それを知っているためか、缶ビールにビーフジャーキーという姿が似合っているように見えた。

塚原がちらりとこちらを見た。

「スズメバチ理論に従えば、鈴木弘貴が生きていると、依頼人に明確かつ具体的な不利益が生じるんだろう。でも大野伸明が依頼人にとって同じ立場なら、大野伸明にも殺害依頼が来るはずだ。第一発見者にする必要なんてない」

スズメバチ理論とは、僕がよく使うたとえだ。家の軒先に、スズメバチが巣を作ったら困る。スズメバチに刺されるという、明確かつ具体的な不利益が生じるからだ。けれど素人が巣を駆除しようとすると、スズメバチに襲われて、かえって危険だ。だから専門の業者に依頼して、駆除してもらう。殺し屋に殺害を依頼するのは、そんなケースが多いと考えているのだ。塚原も憶えていて、よく使ってくれている。

「そうだね」今度は雪奈が腕組みする。「疑われること以外に、第一発見者の特徴ってあるのかな」

「まず、警察に通報するよな」塚原が答えた。「そのうえで、警察が来るまで、その場にいなけりゃいけない。現場保存のために」

「警察が来たら、今度は事情聴取か」雪奈は宙を睨んだ。一連の流れを頭に思い浮かべているようだ。「けっこう、時間を取られるね。半日仕事になりそう——そうか」視線を男二人に戻す。「それが依頼人の狙いじゃない？　依頼人は、実行したら、すぐに知らせてほしいって言ったんでしょ？　第一発見者になったら、大野って講師は、長時間現場に釘付けになる。その間にその人の家に行って、金品を奪うのが目的とか」

「ミステリに、それに近い名作があるな」

読書家の塚原が指摘して、同じく読書家の雪奈が人差し指を立てた。「そう、それ」

「うーん」必ずしも肯定的ではない響きで、塚原が唸った。

「それを実現するためには、いくつか解決しなきゃいけない課題があるな。まず、依頼人が講師の家の鍵を持っている必要がある。鍵を持っているのなら、わざわざ殺人事件の第一発見者にしなくても、忍び込む隙は見つけられるだろう」

「あっ、そうか」

「まだある。富澤が実行する日時が、依頼人にとって都合のいいタイミングとは限らない。依頼人と講師が住んでいる場所はわからないけど、深夜三時とかに実行されたら、講師の家に行く電車がない。タクシーとかを使ったら、運転手に証言される危険がある。車を使っても、路上駐車していたら、これまた警察に通報される危険がある。自分に都合のいい時間帯に実行してほしいのなら、日時指定のオプションを付ける必要があるんだ。でも、そんな依頼はない」

雪奈が渋面を作る。お構いなしに塚原は続けた。

「さらに言えば、大学講師なんて仕事の給料が高いとは思えない。わざわざ盗むほど蓄えがあるのか」

「お金じゃないのかも」今度は雪奈が反論した。「何か弱みを握られていて、その証拠を取り返したいとかは？」

塚原が苦笑した。「そこまでいったら、検証しようがない」

雪奈も笑う。「まあね」

「ともかく」ようやく話が途切れたところで、僕は口を開いた。「普通の仕事より、監視の時間が長くなる。二週間いっぱい使うつもりでいるよ」


一週間後。塚原がやってきた。

塚原は、依頼を受けてから実行までの間、まめに来て進捗(しんちょく)を確認する。連絡係としての使命感なのかもしれない。

「どうだ？　機会はありそうか？」

「まあね」コーヒーを淹れながら、僕は答える。「なんとかなりそうだ」

「そのわりには」今日も来てくれた雪奈が、トレイを持って戻ってきた僕を見る。「なんだか、微妙な顔だね」

「確かに」塚原も無遠慮に顔を覗(のぞ)き込む。「スッキリしない顔だ」

「まあね」コーヒーカップをそれぞれの前に置いて、僕は答える。「いつも言っているように、被害者の周辺については、あまり調べないようにしている。依頼が来て、本人認定できたら、ささっと片づける。そうあるべきなんだ」

「でも、今回は違うと」

「ああ。今回の依頼は、第一発見者指定だ。要は、鈴木弘貴を殺害するときに、大野伸明が近くにいることが必要だ。でもそれだけじゃない。大野伸明以外の人間が近くにいちゃいけないんだ。そうじゃないと、大野伸明は発見者ではあっても第一にはならないかもしれなくなるから」

「それはそうだな」

「だから、丁寧に監視する必要があった。古い大学の古い校舎のせいか、あるいは文部科学省が予算を付けないせいか、セキュリティシステムはないも同然だ。おかげで研究室のある研究棟には、上手に人目を避ければ出入りし放題だ。でも講師と院生が一緒にいるのは、研究室の中がほとんどだろう。いくら僕が目立たなくても、研究室の中までは入れない。だから他の機会も窺う必要がある。そのために、周辺を調べる必要があった。わかりやすくいえば、研究室そのもの」

「確かにね」雪奈が言った。「それって、大学のホームページに載ってるんじゃないの？」

「そう。だから調べてみた」

僕は立ち上がって、事務机からノートパソコンを持ってきた。ソファに座り直して開く。向かいに座っていた塚原も移動して、僕の隣に座った。相棒と恋人に挟まれて電源を入れる。このパソコンは顔認証でログインできるから、二人の目の前でパスワードを入力する必要がない。

インターネットブラウザを立ち上げて、東京繊維大学のサイトに入った。生命工学研究科の専用サイトに移動して、そこからゲノム解析研究室の紹介ページを開いた。

僕は画面を指さした。

「ゲノム解析研究室は、深田俊治(ふかだとしはる)っていう教授が運営している。主な研究テーマは、ゲノム編集した生物の食品利用だ。他の生物の遺伝子を組み込む遺伝子組み換え生物と違って、元々持っている遺伝子をいじるだけだから、安全性が高いと言われている」

「そうなのか」

「普通の遺伝子組み換え作物だって、十分安全だと思うけどね。それはともかく、このサイトと、院生がやっているブログとかを合わせて確認すると、研究室の全体像がわかった。教官は、深田教授と講師二名だ。准教授は、今は空席になっている」

塚原が画面を覗き込んだ。画面には、深田教授が映っている。

「この中心に映っている、長めの白髪で、黒縁眼鏡をかけているのが、深田教授だ」

「けっこう年寄りだな」

いいところに目を付けた。

「そうなんだ。履歴を見ると、六十四歳だ。国立大学の教授は、たいてい六十五歳で定年退職だから、一年後にはいなくなる。准教授がいないから、後任は外部から公募で選ぶことになるだろう。すると、研究テーマもがらりと変わる可能性がある。そうしたら、二人の講師も他の大学に移るかもな。深田教授本人は、学会ではビッグネームだから、どこかの私立大学が教授の椅子を用意するだろうけど」

「よくわからないけど、理系の研究室なんて、そんなものか」

ピンときていない顔で、塚原が言う。僕はうなずいた。

「そうだね。それで、二人の講師のうち、片方が大野伸明。もう一人は高口という女性だ」

僕は画面を指さす。研究室の風景を撮影した画像に、背の高い女性が映っていた。

「この人だ」

「なるほど」塚原が機械的に相づちを打った。

「研究室には院生と学部四年生がいるんだけど、博士課程は二人で、修士課程は三人だ。四年生も三人。学生が八人しかいない」

「多いのか少ないのか、わからないな」

文系学部出身の塚原がコメントした。同じく文系出身の僕もうなずく。

「そう思ったから、他の研究室を調べてみた。そうしたら、院生が合わせて五人しかいない研究室はなかった。他はもっと大所帯だ」

雪奈が首を傾げた。

「ってことは、人気のない研究室ってこと？　なんだか、流行に乗っていそうな研究テーマだけど」

　鋭い指摘だ。

「少ないのもそうだけど、もっと変なのは、構成だ。五人の院生のうち、男は鈴木弘貴だけ。他はみんな女性だ。四年生の三人も女性だった。理系の中でも生命化学の分野は女性の比率が高いそうだけれど、ここまで極端なのは、ちょっと異常だ。だから理由を調べてみた。教授の深田俊治の名前で検索しまくったら、気になる情報が見つかった。この教授、以前アカハラで問題になったことがある」

「アカハラ」雪奈が繰り返す。「アカデミック・ハラスメントのことだね。大学みたいな研究機関で、上司が部下に対して罵倒したり無茶な仕事を押しつけたりする」

　雪奈は、さすが博識だ。

「そう。パワハラの一種だね。それで何人もの教官や学生が、深田教授の下を去っている。心を病んで大学に来られなくなった奴もいるそうだ。それで大学が問題視して、厳重注意した。停職とか解雇じゃなかったから、ずいぶん甘い処分だと思う。性格や態度はともかく、研究者としての実績は十分だから、大学側も失うわけにはいかないと思ったのかもしれない。だから深田教授は、なんとか今の地位にいるわけだ」

　塚原が眉間(みけん)にしわを寄せた。

「そんなことがあったんなら、当然学生にも知れ渡ってるだろう。それなのに、よくこの研究室に入ったな」

「そこだよ」僕は旧友に向かって笑ってみせた。「深田教授の問題点は、アカハラだけじゃない。女性に甘いんだ。だからハラスメントの相手は男性だけ。女性に対してセクハラするわけじゃないけど、娘を溺愛する父親みたいな態度だそうだよ」

「ひっどい人ね」

雪奈が顔をしかめた。目の前に深田教授がいたら、コーヒーカップを投げつけそうな勢いだ。

「でも、研究室に女性が多い理由がわかった。甘やかしてくれるからだね」

直球の表現だ。僕は苦笑する。

「研究の指導はきちんとするんだろうけど、まあ、居心地はいいだろうね」

「だとすると、女性に甘い分、男に厳しいんじゃないか。大野伸明と鈴木弘貴は大丈夫なのか?」

こちらも真っ当な指摘だ。

「そこは、確実なことはわからない」僕はそう答えた。「色々な情報を総合して考えると、大野伸明は上手に媚びを売って、怒られないようにしてるみたいだな。自分の研究や学生の指導をしながら、深田教授の秘書みたいなことをやっているみたいだ。従順なところを見せているから、ハラスメントの攻撃対象になっていないのかもしれない」

「そりゃ大変だ」塚原が感情のこもらない声で言った。「でもまあ、相手があと一年でいなくなるんなら、我慢もできるか。じゃあ、鈴木弘貴は?」

「これも想像が入るけど、鈴木弘貴はずいぶんと優秀な学生らしい。すでに投稿した論文が有名な雑誌に受理されたと、院生のブログに書いてあった。近々掲載された雑誌が発行されるのだと。大学院に進学してそれほど間がないのに、そんな成果を残せる奴は滅多にいない――先輩の女性が、そう褒めちぎっていた。いくら深田教授がハラスメント体質でも、優秀な学生を逃がすわけにはいかない。鈴木弘貴に対しては抑えてるんじゃないかな」

「なるほど」今度は実感がこもっている。「実力で嫌な教授を黙らせたのか。すごいな」

「大野伸明は、鈴木弘貴の指導教官をやっているみたいだ。そう考えると、深田教授としては大野伸明に冷たくして、鈴木弘貴を連れて出て行かれると困る。だから大野伸明相手にも、アカハラしてないのかもしれないな」

「だったら、素晴らしいね」雪奈も溜飲を下げたような顔をしている。「それで、実行するチャンスはつかめたの？」

「そうだね」僕はノートパソコンを閉じた。「研究室についてわかったから、大体イメージできた。あと一週間のうちに片づけるよ」

夜の十一時。

僕は研究棟の中で身を潜めていた。

大学の校舎は、徹夜で実験する学生もいるから、二十四時間施錠されない。僕は女子学生たちが帰ったタイミングを見計らって、研究棟に潜入した。

ずっと監視していて、女子学生が帰宅して鈴木弘貴と大野伸明しか残っていない状況が来るのを待っていたのだ。けれど学会が近いからか、女性たちもなかなか帰らない。多少焦ったけれど、ようやく今夜実現した。

研究棟の四階には、ゲノム解析研究室しか入っていないことも調査済みだ。さすがに教授室には鍵がかかっているけれど、他の部屋は施錠されていない。実験道具置き場になっている小部屋に入って、チャンスを待った。外から、ドアが開く音が聞こえた。外の様子を窺うと、鈴木弘貴が研究室から出てきていた。僕のいる小部屋を通り過ぎて、校舎の端にあるトイレに向かう。

僕は靴を脱いだ。スリングショットを手に、タイミングを窺う。

鈴木弘貴がトイレから出てきた。小部屋の前を通り過ぎる。

今だ。

僕は小部屋から出て、鈴木弘貴に向けて後ろからスリングショットを打った。打つのは鉄球ではなく、学生食堂にあったチラシを幾重にも折って作った、紙製の弾だ。それが鈴木弘貴の後頭部に命中する。

「！」

鈴木弘貴が声にならない叫びを上げた。紙の弾丸が、音もなく廊下に落ちる。鈴木弘貴が後頭部を押さえてよろめく。完全に倒れる前に背後から抱きかかえるようにした。

右脇腹、肝臓のあるあたりをナイフで刺す。こじってナイフを抜くと、大量の出血が起こった。よし。これで鈴木弘貴は確実に死ぬ。

僕は大きな音を立てないように、鈴木弘貴の身体をそっと寝かせた。もちろん、身体に血液を付けるようなへまはしない。ナイフをその場に残し、紙の弾丸を回収した。

ここから、ひと手間が必要だ。ポケットからデジタル時計を出して、鈴木弘貴の横に置く。時刻が写るように、スマートフォンで鈴木の死体を撮影した。

スリングショットとデジタル時計をバックパックにしまい、靴を脱いだまま廊下を走った。階段で一度止まり、靴を履く。塚原に、先ほど撮影した写真を、スマートフォンから送る。依頼人に、実行した日時を知らせるためだ。受け取った塚原が、伊勢殿にデジタル時計の時刻を知らせる。そして伊勢殿が依頼人に鈴木弘貴が死んだ時刻を伝えるのだ。それで、ひとつめのオプションが遂行されたことになる。

僕は階段から廊下を窺った。現場にこれほど長く滞在するのは、はじめてのことだ。数分後に、ドアが開く音が聞こえた。そっと廊下を見ると、大野伸明が研究室から出てきた。廊下に倒れている鈴木を見つける。

息を呑む音が、ここまで聞こえた。大野伸明が鈴木弘貴に駆け寄る。

「鈴木？」

声をかけても、返事はない。大野伸明が周囲を見回した。もちろん誰もいない。大野伸明は鈴木弘貴をその場に残し、ダッシュで研究室に戻った。

よし。これでふたつ目のオプション、大野伸明を第一発見者にすることも完了した。足音を立てないように階段を下り、研究棟を出た。この時間になると、さすがに大学構内に人影はない。慎重を期して、さらに人影の少ない裏門から大学を出た。

今回も、うまくいった。

「結局、何だったんだ?」

缶ビールを開栓しながら、塚原が訊いてきた。

無事に仕事が終わったから、今日は塚原と雪奈と三人で、ささやかな打ち上げだ。といっても、決起集会と同様、缶ビールとビーフジャーキーなのだけれど。

「わからない」缶ビールを開栓しながら、僕は素っ気なく答えた。「もう終わった仕事だから、興味ないし」

そんな僕を、雪奈が横からじっと見つめてきた。

「そんなこと言っても、考えてることはあるんでしょ?」

ズバリと訊かれ、僕は苦笑する。「考えてることは、なくはない」

「何だ?」

塚原が身を乗り出す。そんな旧友を制するように、僕は掌を塚原に向けた。

「ひとつ、ピースが足りないんだ。それが検索で引っかかるか、わからない」

「ピース?」

雪奈が問い返し、僕はうなずく。

「研究室の状況を調べていくうちに、疑問が湧いてきた。といっても、塚原がすでに言ったことだ」

「俺が？」

「そう。深田教授は、アカハラ体質だ。そんな研究室に、学生がわざわざ行くのか。お前は、そんなことを言ってた」

塚原が宙を睨んで記憶を辿る。「そういや、言った気がする」

僕はまたうなずいた。

「僕もまったく同じ疑問を持った。しかもアカハラの相手は男に対してだけだ。そんなところに、どうして鈴木弘貴は入ったのか。いくつか理由は考えられる。まず、アカハラといっても実際に受けたわけじゃないから、どれほど大変なことなのか、実感がわかなかった可能性がある」

「あり得なくはないな」塚原は一度うなずいて、すぐに首を横に振った。「でも、先輩や教官が何人もいなくなってるんだ。よほどのことがないかぎり、避けようとすると思うけど」

「だな。じゃあ、ふたつ目の可能性。自分のやりたい研究テーマが、深田教授の下でしかできない場合も、苦労を承知で入る理由になる」

「あり得るね」今度は雪奈が賛同した。「今どき、そんな純粋な学生がいるのかは知らないけど」

「まあ、そうだね。三つ目の可能性が、自分は能力があるから、実績で教授を黙らせる自信があったというもの。ただし——」

今度は自分でコメントした。「研究なんて、今日始めて明日結果が出るものじゃない。成果が出るまでの間、じっと耐えることができるだろうか。自分が優秀だという、強い自負のある人間が」

「むしろ、逆な気がするね」雪奈がうんうんとうなずく。「自分の才能を潰されたくないと思って、逆に避けそうな気がする」

「そうだと思う」僕はビールを飲んで、続けた。「だから鈴木弘貴が深田教授の研究室に行くはずがない。僕はそう結論づけた」

「ええっ？」塚原がへんてこな声を出した。「でも、実際に行ってるじゃないか」

「うん」僕は簡単に答えた。「行くはずがないのに、行った。そこに明白な意志を感じる。具体的な証拠は何もなくても、鈴木弘貴の置かれた環境を考えると、何らかの強い目的があったんじゃないか。そんなふうに考えたんだ」

「強い、目的」雪奈が繰り返した。「それは、何？」

僕はすぐに答えず、立ち上がった。事務机からノートパソコンを取って戻ってくる。

「すぐに見つかるかは、わからないけど」

そんなことをつぶやきながら、検索する。ゲノム解析研究室のサイトを過去から追っていった。その間、二人の客は何も喋らなかった。

僕はパソコンの操作を止めた。「これかな」

画面を指さす。

「研究室のサイトには、研究室の風景がスナップ写真のように掲載されている。これは、四年前だ」

画面には、メンバーでディスカッションをしているような画像が貼られていた。痩せた男子学生が、指示棒を持って立っている。彼が説明して、他の学生が意見を述べている感じだった。

僕はサイトの日付を進めた。

「ここにも、さっきの男子学生が写っている」

さらに進める。やはり同じ学生がいた。そんなふうに数枚進めていって、止めた。

「この画像には、さっきの学生が写ってない」

さらに進めていっても、もう男子学生の姿はなかった。

「卒業したんじゃないのか？」

塚原が言う。けれど僕は首を振った。

「男子学生の姿が消えたのは、十一月だ。卒業のタイミングじゃない」

「じゃあ、どうして――」雪奈が言いかけて止めた。何かに思い当たったように目を見開いた。「そうか。教授のアカハラで、心を病んで大学に来なくなった学生がいたって話だよね。この人が、そうか」

「そうかもしれない」僕は再びパソコンを操作した。「じゃあ、この人は誰だろう」

過去に向かってページをめくっていく。目当ての情報が見つかった。「これだ」

年度末の日付だ。サイトの記事には、今年度の学生の成果がまとめられていた。僕はその記事を読んだ。

「鈴木正貴くんが、学会発表を行いました」

記事に添えられた写真を見る。学生が研究成果をまとめたポスターの前に立っている写真だ。パソコンを操作して拡大する。解像度は低いけれど、先ほどの男子学生だということがはっきりと見て取れた。

「兄貴かっ!」

塚原が大声を出した。この事務所は防音がしっかりしているから、この程度の大声が外に漏れ出ることはない。それでもびっくりするくらいの声量だった。

「正貴と弘貴だから、そうだろうな。顔は、あんまり似てないみたいだけど」

「えっ?　えっ?」雪奈が戸惑ったような声を上げた。「お兄さんが病んでいなくなった研究室に、弟くんが自分から入ったってこと?」

「そういうことになるね。そのうえで、鈴木弘貴の強い意志とは何だろう」

「復讐か……」

塚原が、今度はつぶやくように言った。「鈴木なんて名字は、日本では佐藤と同じく

らいありふれている。どちらも『貴』の時が付いているけど、人名ではありふれている
から気にならない。歳もある程度離れているみたいだ。兄弟といってもそれほど似てい
ない。そもそもハラスメントは、やってる方は自覚がないから、相手には関心を持たな
い。鈴木弘貴が鈴木正貴の弟だと、深田教授が気づかない可能性は高い。でも、どうや
って復讐するんだ？　というか、標的は鈴木弘貴だぞ。深田教授じゃない」
「そりゃ、そうだよ」僕は答える。「前から言っているように、復讐なら殺し屋に頼ま
ない。自分で手を下すよ。寝たきりとか、それができない場合を除いては」
「あっ、そうか」
「そう。鈴木弘貴は、殺し屋に依頼なんてしなかった。彼が考えたのは、他の方法だと
思う」
「何だ？」
　無邪気な質問に、僕はゆっくりと首を振った。「ここからは、想像がかなり入る。鈴
木弘貴は優秀な学生だということだった。大学院に進学して間もないのに、名のある雑
誌に論文が受理されるほどだと。雑誌はレベルが高ければ高いほど、投稿された論文の
審査は厳しい。リジェクトされることもなく受理されたってことは、本当にすごい成果
を出したんだろう」
「そうだろうね」
「でも、ここで考えてほしい。たった今、議論したことだ。鈴木弘貴がそれほど優秀な

ら、深田教授に潰されないよう、距離を取るんじゃないだろうか。それでも研究室に入ったのは、アカハラで潰されないだけの鉄のメンタルがあったのか、それとも――」

僕は左右に座る恋人と連絡係を順番に見た。

「本当は、鈴木弘貴はそれほど優秀じゃなかったのか」

二人とも、すぐには反応しなかった。数秒の間を置いて、雪奈が口を開いた。

「まさか、データの捏造(ねつぞう)?」

僕は大きくうなずく。

「そうかもしれないと思った。学会のビッグネームである深田教授だけでなく、名のある雑誌の査読者も騙(だま)せたんだから、よほどうまくやったんだろう。その意味では、やっぱり鈴木弘貴は優秀なのかもしれない。けれどそれは、研究者として優秀なわけじゃない」

「捏造……」塚原も言った。「でも、そんなことをして、何の意味があるんだ？　捏造なら、他の研究室に行ってもできるだろう。わざわざ深田教授の研究室に行かなくても――そうか」

話しているうちに、塚原は答えにたどり着いたようだ。元々大きな目を、さらに大きくした。

「論文は受理されただけで、掲載誌はまだ発行されていない。掲載誌が世に出た後になって、鈴木弘貴が捏造を告白したら、どうなるのか」

「そっか」雪奈も理解したようだ。「捏造は自分のためじゃなくて、深田教授を陥れるためのものだった。深田教授は、学生の捏造を見抜けなかった、ダメな教官ということになる。それ以上に、自分の研究室から捏造が出たら、研究室のイメージは地に落ちる。しかも『教授からのプレッシャーに負けて、つい捏造に手を染めてしまった』なんて言われたら、教授としてもアウト。弟くんの狙いは、それか」

「それだけじゃない」塚原が後を引き取った。「深田教授は定年間際だ。富澤が言うには、定年後には私立大学の教授に収まるんじゃないかということだった。けど私大だって、捏造を出した教授を雇うのは、ためらわれるだろう。鈴木弘貴は、教授の定年後の生活も破壊するのが狙いだったのか」

「そうだとすると」僕はビールを飲んだ。「依頼人は、誰だろう。鈴木弘貴が生きていることで、明確かつ具体的な不利益が発生する人間は」

「深田教授だな」塚原が即答した。「深田教授は、何かのきっかけで鈴木弘貴の捏造を知った。けれど大事にできない。発行前といっても、論文はもう受理されている。雑誌相手に『捏造でした』なんて言えるわけがない。そんなことを言ったら、雑誌は二度と深田教授の研究室からの論文は受け付けないだろう」

雪奈もため息をついた。

「深田教授は、弟くんの素性に気づいたのかもね。捏造したことを知って、最初は弟くんが功を焦って捏造に手を染めたと考えたでしょう。でも素性を知ってしまったら、復讐目的だと理解する。だったら、いくら説得してもダメ。必ず捏造を世間に向けて告白する。それを防ぐには、死んでもらうしかない。でも、警察に逮捕されずに殺す自信はない。だから殺し屋に依頼したのか」

雪奈が口を閉ざすと、事務所には沈黙が落ちた。研究者としての将来を棒に振ってでも兄の復讐をしたかった鈴木弘貴の情念に、それぞれ思いを馳せているのかもしれない。

塚原が沈黙を破った。

「鈴木弘貴については、わかった。じゃあ、第一発見者って、何なんだ？　深田教授には、大野伸明を第一発見者にする理由があったのか？　百万円も追加で払ってまで」

「これも想像だ」僕は答える。「深田教授の立場に立って考えてみよう。院生の鈴木弘貴は捏造をしていた。その鈴木弘貴の担当教官は大野伸明だ。じゃあ、大野伸明は捏造を知っていたんだろうか。知っていて、自分に黙っていたのではないのか。そんなふうに考えないかな」

「考えるだろうな」塚原がまた眉間にしわを寄せた。「でも大野伸明も共犯だと思ったら、大野も標的にするんじゃないのか？」

「そこまで自信がなかったのかもね」雪奈が僕に代わって答える。「捏造騒ぎが起きたら、大野伸明も大ダメージを受ける。直接教えていた学生が捏造したんだから。それに大野伸明は、少なくとも表面的には、深田教授に従順な態度を取っている。悪意を持って捏造を黙っているのか、それとも本当に知らないのか、判断できなかったのかもしれない」

「そこで第一発見者だ」

　僕は後を引き取った。「大野伸明が鈴木弘貴の死体を発見したら、どうするだろう。もちろん救急車を呼ぶんだけど、その前に、どんな行動を取るのか。捏造を知らなかったら、すぐに救急車を呼ぶだろう。そして、研究室の責任者である深田教授に報告するはずだ。では、捏造を知っていたら？　知っていて加担していたら？　救急車、警察、それ以上に深田教授が来る前に、捏造の証拠を消そうとするんじゃないだろうか。つまり、死体発見から通報までに、ある程度の時間が空くことになる」

「それで、ひとつ目のオプションか」塚原の言葉は、ため息交じりだった。「殺し屋が鈴木弘貴を殺した時刻が正確にわかっていたら、大野伸明が自分に連絡をくれるまで、どのくらい時間がかかったかがわかる。ほとんど間隔が空かなかったら、大野伸明は捏造を知らなかったことになる。時間がかかっていたら、捏造の証拠を消していた、つまり自分への復讐のメンバーだということになる」

「弟くんが死んでしまった以上、大野伸明も捏造が明るみに出るのはまずい。だから深田教授は、捏造を隠蔽したまま大野伸明を追放できる。大野伸明にとっても、その方がいいだろうし。その判断材料としての、オプションなのか」

　雪奈が結論を言って、話は終わった。想像がかなり入っているとはいえ、全体像はこんなところだろうと考えている。仕事は終わったのだから、無意味な整理体操なのだけれど。

「ってことは」雪奈が僕に向けて、低い声で言った。「トミーってば、アカハラ教授の保身に手を貸したんだね。若者の、自分の将来を賭した復讐を挫折させて」

「そうだよ」僕はあっさりと答えて、雪奈が目をぱちくりさせた。そんな恋人に、僕は手を振ってみせた。

「僕の行動自体はそうなんだけど、はたして事態が深田教授の狙いどおりになるかといえば、そうでもない」

「っていうと？」

「名のある雑誌に掲載されるんだ。学会が驚くような成果なんだろう。だったら、同じ分野の研究者が、こぞって追試する。けれど、同じ成果は出ない。そんなことが続けば、論文そのものが疑われることになる。再査読されて、徹底的に検証されたら、深田教授が何を言おうと、捏造だとわかってしまう。そうなったら、深田教授は終わりだ。深田教授が七百六十万円払ってやったことは、破滅をほんの少し延ばすだけだったことになる」

僕はビールを飲み干した。空き缶をテーブルに置く。

「それで仕事をもらえたんだから、僕としてはありがたいかぎりだよ」

人形を埋める

埼玉県は寒かった。

埼玉県といっても、戸田市は荒川を挟んで東京都と向かい合っている。県庁所在地のさいたま市よりも東京に近い。つまり、埼玉県の南の端だ。

しかもニュースの天気予報コーナーでは、平年よりも気温が高いのだという。それはそうなのかもしれないけれど、十二月の北風は絶対評価として冷たかった。

そんな寒い中、大城菜摘は風を切るように歩いていた。よく知っている道らしく、迷いのない足取りで進んでいく。肩から提げたトートバッグが、歩みに合わせて勢いよく揺れる。情報では三十七歳ということだけれど、見た目はずっと年長に見える。それでも歩みに関しては、年齢相応か、もっと若いように感じられた。

ＪＲ埼京線の北戸田駅から十五分ほど歩いて、大城菜摘は目的地にたどり着いた。

住宅街の一角に、空き地があった。住宅を建てるならば、二軒分くらいの広さ。よく見ると、いくつかのエリアに区分けされていることがわかる。各エリアは、部屋でいえば六畳間から八畳間といったところだろうか。ところどころに畝(うね)やビニールトンネルが見えることから、畑であることがわかる。

大城菜摘は、農具を入れた倉庫から鍬(くわ)とスコップを取り出し、畑の中央部に向かった。

大城菜摘はバッグを無造作に置いた。注意深く地面を見て、鍬を大地に打ち込んだ。同じところを何度も掘り返して、土が軟らかくなってきたようだ。大城菜摘は鍬を置いて、バッグから何かを取り出した。

大きさは、十五センチメートルくらいだろうか。遠目には、細長い形をしている。よく見ると、それが人形であることがわかる。

大城菜摘は、軟らかくなった土をスコップで掘って、小さな穴を作った。そこに人形を入れる。スコップで土を入れ、人形を完全に埋めた。

持参した人形は、一体ではなかったようだ。大城菜摘は別の場所でも同じ作業を繰り返して、合計三体の人形を埋めた。

ふうっと息をつき、大城菜摘は立ち上がった。農作業は腰に負担がかかるのか、右拳で自分の腰を叩いた。鍬とスコップを倉庫にしまい、近くの水道で手を洗う。そうして、また駅に向かって歩きだした。

遠くから監視していたわたしも息をつく。

どうして大城菜摘は、畑に人形を埋めているのだろう。

ている。

＊＊＊

「行ってきまーすっ」

彩花がバタバタと玄関を出て行った。

今日から、中学校の中間試験が始まるのだ。だから昨晩は、遅くまで試験勉強をしていたようだ。その結果が寝坊なのだから、どうなんだと思わなくはない。それでも遅刻するような時間帯ではないし、昨晩の勉強の成果が出せればいいと、母親としては願っている。

中間試験といっても、彩花が通う中学校は、三学期制ではなく、前期後期制だ。今日から始まる試験は後期の中間試験で、十二月の初旬に行われる。だから毎年、中間試験が始まると「ああ、師走になったか」と年末を意識するようになった。

彩花が登校すると、わたしは朝食の食器や調理器具を洗い、部屋に掃除機をかけた。家事が一段落すると、コーヒーを淹れて、仕事部屋に向かう。パソコンを起動した。

芸術作品やアイデアグッズを扱う、通信販売業。それがわたし——鴻池知栄の生業だ。

世の中には、ブレイク前の芸術家をいち早く見つけることに喜びを見出す人が、一定数存在する。そういった人たちが、わたしのサイトを利用してくれている。

芸術作品は唯一無二の価値を持っているから、高くても買うか、まったく買う気がないかの二択になる。だから売れる作品を見出し、ある程度の値段で販売するという商売が成立するのだ。

パソコンを見ると、注文が十五件も入っていた。

そのうち、十二件が同じ注文だった。最近人気の出てきたイラストレーターさんの画集だ。在庫を確認すると、かなり少なくなっているけれど、十二冊は残っている。また追加注文しておいた方がいいだろう。

残る三件のうち一件は、木材で作られた立体パズル。パズルとしても優れているし、木材の温かみや手触りが心地よく、教育熱心な親が子供に買い与える需要がある。

もう一件はカトラリーセット。スプーンとナイフとフォーク、それから箸がセットになっているのだけれど、それらが十徳ナイフのようにひとつにまとまっている製品だ。建前上は、荷物を減らしたいキャンプなどに持っていくのに最適、ということになっている。けれど実際に使ってみると、使いにくいことおびただしい。要は、ジョークグッズだということだ。

どちらも在庫がある。今から貸し倉庫に行って、送付しよう。

最後の一件は、アクセサリーだ。デザインは平凡だし、宝石をあしらっているわけでもないから原価も安い。少しでもお洒落に気を遣っている人ならば、絶対に身に付けないような品。それでも、わたしの通販サイトの中では、最も高額な商品だ。価格はなんと、五百五十万円。

一応、「幸運を呼ぶアクセサリー」という名称がついている。といっても詐欺商品ではない。このアクセサリーにはおまけがついているからだ。

それは、殺人依頼の遂行だ。


夫に先立たれて五年。通信販売業を営みながら、一人娘を育てている。商売はそれなりにうまくいっているし、マンションのローンもないから、生活にゆとりがないわけではない。それなのに、なぜか副業の殺し屋を続けている。

注文には添付ファイルが付いている。決められたルールに従ってパスワードを入力すると、ファイルが開かれた。

ファイルには、殺してほしい相手の名前と顔写真、それから住所などの周辺情報が書かれてある。

『大城菜摘　三十七歳』

これが今回の標的か。顔写真を見る。名前から想像できるとおり、女性だ。三十七歳よりも、もっと年長に見える。とはいえ、他人の容姿にケチをつける気はない。

住所は東京都北区。建物名まで入っているから、集合住宅だ。勤務先は豊島区池袋。住所とJRの駅名が似ているから、たぶん最寄り駅から電車一本、しかも十五分ほどで着くのではないか。便利なところに職を得たようだ。

わたしは家を出た。自転車で、近所に借りている倉庫に向かう。こちらはパズルとカトラリーセットを保管している。ひとつずつ取り出して、梱包する。伝票を書いて、契約している宅配業者の受付に持っていく。

続いては画集の方だ。こちらは紙製品だから、温度や湿度に気を遣う。だからきちんと温湿度管理ができる、少し賃料の高い倉庫に保管している。そこまでは電車で行き、発送作業を完了させた。それだけで午前中が終わった。

午後からは、副業に移る。標的の確認だ。依頼人の情報が間違っていることは、珍しくない。この日の午後と翌日を使って、大城菜摘という人物が記載された住所に住んでいて、池袋の転職支援企業に勤務していることも確認できた。

依頼内容に間違いがないことがわかったから、『受注しました。一カ月以内に商品を発送いたします』と連絡した。通常、一カ月あれば標的を観察して動きを把握して、しかるべきタイミングで処理できる。

標的の監視を始めて三日後。わたしは携帯電話を取った。登録してある番号に電話をかける。呼び出し音が二回鳴って、回線がつながった。

『お疲れさまです』

男性の声が聞こえてきた。

「お疲れ。今、大丈夫？」

『大丈夫ですよ』

「ありがと。わたしの方の仕事で相談があるんだけど、空いてる時間、ある？」

『いつでも大丈夫ですよ』わずかに失望を含んだ響き。わたしは無視して続ける。

「じゃあ、明日の昼はどう？　昼前に行くからさ、一緒にごはんを食べよう」

『いいですよ』

「じゃあ、十一時くらいに行くね」

そう言って、電話を切った。

翌日、予定どおり電車に乗った。下り電車で都心を離れて、住宅街のある駅で下りる。そこから歩いて住宅街の外れまで行くと、お椀を逆さに被せたような家が見えてきた。ここが目的地だ。

呼び鈴を押すと、すぐにドアが開いた。中から男性が顔を出す。

「お疲れさまです」

男性——本多元(ほんだはじめ)が笑みを浮かべて言った。

「悪いね。時間を取らせて」

「いえいえ」

中に案内してくれる。

本多の家は造りが変わっていて、東半分と西半分で印象がまったく違う。

東半分はアトリエになっていて、陽光が入ってきて明るい。あるものといえばイーゼルが立ててあるくらいで、他には画材がしまわれている棚があるだけだ。

一方の西半分は、天井まである本棚に洋書がぎっしり詰まっている。大きめのデスクには、パソコンと大判の辞書が載っていた。

この造りでわかるように、本多は画家兼翻訳家だ。といっても収入のほとんどは翻訳で稼いでおり、残念ながら絵の方は、わたしのサイトでもあまり売れていない。

わたしは東と西の境界域にあるテーブルの前に座った。本多がカップを出してくれる。見ると、いつものコーヒーではなく、紅茶だった。

「あら、珍しい」

思わずそう言った。本多はコーヒー好きで、懇意にしているコーヒー店から新鮮なコーヒー豆を買っている。だから彼のコーヒーのおいしさは、わたしにもわかるレベルだ。

「この前、仕事で紅茶のことを調べたんです。そしたら面白そうなんで、試してみました。まずは王道からということで、ダージリンです」

「そうなんだ」

「お昼前なんで、お茶菓子がなくて申し訳ないですけど」

「いや、そんなに気を遣わなくていいよ」

紅茶は少し冷ましてから飲んだ方がいいと聞いたことがある。まず香りを楽しむ。わたしも紅茶の知識はほとんどないけれど、ふわりとした上品な香りを感じることができた。

「なかなか絵が売れた話ができずに、申し訳ない」

まずは謝っておいた。彼の絵には不思議な魅力があるから、影響力の強い人物が見つけて紹介すれば、もっと売れるのではないかと思う。といっても個性的すぎるから、観る人を選ぶかもしれない。でもその個性をなくしたら、それはもう本多の絵ではないだろう。芸術とは難しいものだ。

本多は軽く片手を振った。「いえ、それは僕のせいですから。ちなみに、今はどんなのが売れ筋なんですか？」

「そうだね」わたしはバッグからタブレット端末を取り出し、この前大量に出荷した画集のページを開いた。「こんなの」

「どれどれ」本多がタブレット画面を見た。「ああ。百合ものの画集ですか」

百合もの。つまり女性同士の恋愛をテーマにした作品だ。

「わかる？」

「詳しくはないですけど、多少は。限られた人だけじゃなくて、今は一ジャンルとして確立してますよね」

さすが、広範囲に詳しい。

「そうなんだよ。描いてるのは女性なんだけど、女性の描く百合ものも多くなってきたよ」

「なるほど。女性らしいといっていいのかはわかりませんけど、繊細で綺麗な絵ですね。これなら、デジタル画集を小さな画面で観るんじゃなくて、質のいい紙に高精細印刷した画集を観た方がいいと思います。A４縦サイズのモニターを持っている人なんて、少数派でしょうし」

「描いてみる?」

わたしが水を向けると、本多はまた片手を振った。「ご冗談を」

彼は器用だから、その気になれば描けると思う。けれど彼が美少女イラストを描いているところは、確かに想像できない。

「それはともかく、今日は仕事の話をしに来たんだ」

今までだって仕事の話だったのだけれど、ここに来た目的は副業の方だから、切り替えなければならない。わたしはタブレット端末を操作して、注文の添付ファイルを開いた。画面を本多に向ける。

「大城菜摘。女性ですか」

「そうだね」

「どんな人なんですか?」

「池袋の会社で働いてる人だよ。といっても、正社員なのか派遣社員なのかは、わからないけど。北区のアパートで一人暮らししてるみたい」

「一人暮らし——独身ですか」

「確認できてないけど、たぶんね」

「引き受けるんですか?」

「うん。監視したかぎりでは、チャンスは少なくなさそうだしね。ただ、ちょっと気になることがあるんだ」

それこそが、本多に会いに来た理由だ。

「一昨日が土曜日だったでしょ？　大城菜摘が休日にどんな動きをするかを知りたかったから、監視してたんだ。そしたら、電車で埼玉に行った」

「埼玉ですか」

「そう。といっても、埼京線の浮間舟渡から北戸田までだから、三駅かな。そこから歩いて、住宅街の中にある畑に入った」

「畑？」唐突に出てきた単語に、本多が目を大きくした。「大城菜摘は、畑を持ってるんですか？」

「そうじゃなくて、レンタルの畑みたいなんだ」

「レンタル」思い当たることがあるのか、本多は目の大きさを戻した。「そういえば、遊休地を畑として貸し出すビジネスがあるって、聞いたことがあります。家庭菜園では飽き足らず、もう少しちゃんと育ててみたいっていう都会の人が借りるんだとか」

「そうなんだ」

「といっても、素人が片手間にやるわけですから、それほど大きな畑は管理できません。ですから六畳間くらいの小さな畑を、月額数千円で借りるって仕組みだったと思います」

説明を聞いて、わたしは心底感心した。本多はフランス語の翻訳家だけれど、フランス語の本はコクトーやフローベールばかりではない。様々なジャンルの書籍を翻訳する

ために は、広範囲な知識が必要になるのだろう。いろいろ調べていくうちに、そのときは必要としない知識も入ってくる。そういったことの積み重ねで、博識になったのかもしれない。

「大城菜摘は、野菜作りが趣味だったんですか」

当然の質問なのだけれど、わたしは難しい顔を返した。「というか、なんというか」

本多がまた目を大きくした。「といいますと？」

「まず、十二月に畑に行くってのが不思議だった。だって、農閑期でしょ？」

「いえ、そうでもないですよ」本多が当たり前に答える。「ほうれん草とか人参とかは、この季節に種まきできるんじゃなかったかな」

本当に博識な男だ。

「そうなんだ。でも、大城菜摘は農作業するために行ったんじゃなかった。鍬で土を掘り返しはしたけど、やったのは別のことだったんだ。畑に穴を掘って、人形を埋めたんだよ」

本多は瞬きした。人形という、まったく想定外の単語が出てきたからだ。わたしはそのときの光景を話して聞かせた。

「人形って、どんな人形ですか？」

日本人形とかだったら怖いですけど――本多はそう言い添えた。

「遠くから見ただけだけど、どんな種類のものかは想像がついた」

わたしはタブレット端末を操作して、人形に関する情報を表示させた。

「ハイパーレンジャーの、ハイパーブルー。これのソフトビニール人形だと思う」

「ハイパーレンジャー」本多も理解したようだ。「戦隊ヒーローものですか」

「そうらしい。人形を三体埋めてた。ブルーとブラック、それからイエローだった。戦隊ヒーローは色で識別できるから、遠くからでもわかる」

「うーん」本多が腕組みする。「別にヒーローに水をやっても、成長して収穫できたりしないでしょうね」

「たぶん。もしそうだったら、地球の平和はわりと簡単に守れそうだけど」

そりゃそうだと言いながら、本多は何かに気がついたような顔をした。

「独身らしい一人暮らしの女性が、ヒーローもののソフビ人形を持ってるってのは、考えてみれば不思議ですね。鴻池さんのお話だと、実はシングルマザーで男の子と暮らしているってわけでもなさそうですし」

「うん。それはない」

本多は腕組みしたまま宙を睨む。

「ってことは、大城菜摘が自分のために買ったんでしょうね。百合ものが女性だけのものじゃないのと同じように、別に女性が戦隊ヒーローものを好きでもいいんですけど」

「好きでもいいけど、埋めるってのはわからないね」

「日曜日はどうだったんですか?」

「さすがに二十四時間監視はできなかったから明言できないけど、行ってなかったと思う」

「そうですか」本多が視線を宙からこちらに戻す。「一昨日が、依頼を受けてからはじめての週末なら、それまでも同じことをやっていたかは、わかりませんよね。次の週末までに実行しますか？」

こういう、嚙み合う会話ができるのが、本多のいいところだ。本来、殺し屋の仕事を他人に相談することはない。けれどわたしには、本多という相棒がいる。気になったことを話して、それに対する意見をもらう。結論が出なくても、言葉のキャッチボールでひらめくことも多いのだ。

「実は、もう一週間見るつもりだった」

実行することは、来週の平日のうちにできると思う。けれど奇妙な行動を取る人間は、襲う瞬間にも予想外の行動を取る可能性がある。失敗のリスクは減らしたいから、もう少し観察するつもりだ――わたしはそう説明した。

本多がうなずく。「その方がいいと思います」

「オッケー」わたしは紅茶を飲み干した。立ち上がる。「じゃあ、お昼ごはんを食べに行こうか」

木曜日の午後六時半。

大城菜摘は、池袋の喫茶店にいた。一人ではない。テーブル席の正面には、スーツ姿の男性が座っていた。出張中なのか、大きなバッグを隣の席に置いている。二人の前にはコーヒーカップが置かれているけれど、どちらも口をつけていない。

「――落ち着いたか?」

男性が口を開いた。大城菜摘は表情を変えずに答える。「うん」

「メールしても全然返事をくれないから、直接会いに来たんだ。受けてくれて感謝してるよ」

男性の言葉は標準語だったけれど、訛りがあった。聞き覚えがある。鹿児島の訛りが、この響きに近い。

「感謝なんて、別に」

素っ気ない大城菜摘の反応だった。本当は会いたくないけれど、仕方がなく会っているという雰囲気が、ありありと見て取れた。

「それで、わざわざ会ってまで話したいことって、何?」

「おまえの様子を見に来たってのが第一だけど」男性は答えた。「きちんと謝れてなかったから」

「謝る必要なんてないよ」大城菜摘が被せるように言った。「聡大があんなことになったのは、別に周造のせいじゃないし」

「監督責任がある」

　周造と呼ばれた男性が、すぐさま言った。コーヒーカップに視線を落とす大城菜摘を、真正面から見つめる。

「恨むなら、俺を恨んでくれ。親父とお袋じゃなくて」

「だから、恨んでないって」コーヒーカップから視線を動かさずに、大城菜摘が答える。「周造も、お義父さんも、お義母さんも恨んでない。恨むなら、わたし自身だよ。跡取りを産む道具としか見られてなかったことに気づかなかった、わたしが悪い」

「そんなこと言うなよ！」

　男性の声が高くなった。隣の席の女性が、驚いて男性を見る。男性は女性に向かって、謝罪の会釈をした。あらためて大城菜摘に顔を向ける。

「いや、そんなことを言わせたのは、俺たちだったな」

　テーブルに沈黙が落ちる。男性がコーヒーに口をつけた。これほどコーヒーをまずそうに飲む人物を、はじめて見た。

「俺には、おまえのことを心配する資格がない」

　男性はそう言った。あらためて大城菜摘の顔を見る。「でも、ときどきは、こうやって顔を見に来ていいか？」

「必要ないよ」大城菜摘は周造に顔を向けた。「そんな暇があったら、跡取りを産む女の人を探して」

　男性の顔が強張（こわば）った。怒声を放とうと唇が開きかける。けれど寸前で止めた。「そんなことを言わせたのは、俺たちだった」からだろうか。

男性がコーヒーを飲み干した。脇に置いたバッグのファスナーを開ける。バッグの中に手を入れて、封筒を取り出した。テーブルに置く。

「少ないけど、足しにしてくれ」

大城菜摘は封筒を見もしなかった。「いらない」

「受け取ってくれ」

強い口調で男性が言った。謝罪ではなく、怒りでもなく、彼自身の気持ちを込めた言葉。

大城菜摘の身体がびくりと震えた。それでも男性の方を見ない。

「――ありがと」

それだけ言って、封筒を取った。自分のバッグにしまう。

話は、そろそろ終わりだな。

そう判断して、わたしは先に店を出た。案の定、何分もしないうちに二人も出てきた。店の前で別れる。

わたしは大城菜摘の後をつけた。喫茶店の入っているビルを出て、近くの家電量販店に入る。エスカレーターで玩具売り場に移動した。

幸いなことに、わたしの年恰好だと、一人で玩具売り場にいても、不自然には思われない。女児向け玩具を選ぶふりをしながら、棚越しに大城菜摘を観察した。

大城菜摘は、男児向け玩具のコーナーで足を止めた。戦隊ヒーローもののソフトビニール人形をわしづかみにした。買い物カゴにいくつも入れて、会計に向かう。財布からではなく、先ほど男性にもらった封筒から紙幣を出して、会計を済ませた。その数、実に十体。

エスカレーターで下りていく。エスカレーター半分の距離を置いて、わたしも下りる。大城菜摘の背中が見える。その身体からは、怒りは感じられなかった。憎悪も。彼女の全身は、哀しみに包まれているように見えた。

「こんな感じ」

わたしはICレコーダーを止めた。

「なんだか」本多が口を開く。「メロドラマの実況中継って感じですね」

日曜日。わたしは再び本多の家を訪ねた。木曜日の喫茶店でのやり取りを録音したから、それを聞かせるためだ。

「会話から想像するに、大城菜摘は、その『しゅうぞう』という人と結婚してたみたいですね。そして別れた。独身というよりバツイチですか」

再びダージリンティーの香りを楽しみながら、わたしは答えた。「そうみたいだね」

「そして、二人の間には『そうだい』という息子がいた。そしてその子は、おそらく亡くなっている」

「うん。そうだと思う」

腕組みして、本多が口を開いた。

「会話からストーリーを再構成すると、こんな感じですか。大城菜摘は『しゅうぞう』と結婚して、夫の両親と同居を始めた。ところが『そうだい』が生まれた頃からうまくいかなくなり、離婚することになった。子供の親権を、『しゅうぞう』の両親が強引に奪い取った。大切な跡取りだからと。大城菜摘は、半ば追い出されるように家を出た。けれどその後、『そうだい』は亡くなった。『しゅうぞう』のせいじゃないと大城菜摘が言ったということは、病気か事故ですか」

「単純だけど、わたしも同じストーリーを考えたよ」

わたしは紅茶を飲んだ。質のいい紅茶は、砂糖を入れなくても苦くないことを、はじめて知った。お茶菓子にと出してくれたマカロンとも、よく合う。

「そのストーリーを前提に、調べてみたんだ」

「何をですか?」

「鹿児島のローカルニュース。『そうだい』と読める人名を、片端から検索していったんだ。そしたら、見つけた」

わたしはタブレット端末を操作して、発見した記事を呼び出した。「これ」

本多が画面を覗き込む。

「『夏休み　水の事故多発』ですか。岩見(いわみ)聡大さん（七）が、川で溺れて亡くなっているのを、地元の警察が発見した。友だちと数人で川遊びをしていたら、流された——」

　本多は顔を上げた。わたしは別の記事を呼び出した。「こっちは、さらに具体的」

「父親の岩見周造さんは、『懸命に捜索してくださった警察や消防の方に深く感謝いたします』とコメント、ですか」

「周造と聡大だから、この親子のことだと判断して間違いないと思う」

「なるほど」本多はそう言い、一度口を閉ざした。紅茶を飲む。そのままの姿勢で考えをまとめたのか、口を開いた。

「少なくとも、大城菜摘と戦隊ヒーローの接点は見つかりましたね。聡大くんが何歳のときに離婚したのかはわかりませんけど、小さい頃から人形を買ってあげていた可能性が高い。ただ、なぜ今になって人形を持っていたのかは、わかりませんけど」

　本多がわたしの目を見た。「木曜日に元夫と会った後、また人形を買ったということでしたね。昨日は土曜日。また埋めに行ったんですか？」

　当然の質問だ。

「うん。木曜日に買ったのは、人形が十体。今テレビでやってる、『音速戦隊マッハレンジャー』の人形だったよ。選んで買ったというより、無造作につかんで買い物カゴに放り込んだ感じだった。おかげでバランスが悪くて、マッハイエロー四体と、マッハグリーンが四体、マッハレッドが二体だった。それを、昨日埋めてたよ」

「うーん」本多が眉間にしわを寄せた。「いくら冬に種まきできる野菜があるとはいえ、借りてるのは趣味でやっている人でしょう。寒い中、わざわざ畑仕事に行かないと思います。他に畑を使っている人がいないから、変に思われることもなく、十体も埋められたんでしょうけど……」

本多は天を仰ぐ。「わかりませんね。聡大くんが好きだった人形そのものなら、副葬品みたいな意味合いで埋めるってこともあるでしょう。でも聡大くんのお墓じゃなくて、借りている畑ですからね。しかも、つい先日買ったばかりの新品を埋めた」

「わたしも、わからない。でも――」

わたしは相棒の目を覗きこんだ。

「本多くんに手伝ってもらいたいことがあるんだ」

月曜日。

住宅街の片隅で、わたしは息を潜めていた。

予想では、まもなくやってくるはずだ。

駅から徒歩十五分程度だと、まだまだ住宅街が広がっている。けれど、ところどころに、付近の家から死角になる空間が存在するのだ。

通行人の目にも入らない。普段からその近辺を歩いている人でも、そんな場所があることに気づかない。そういった場所が存在していて、見つけるコツを知っている人間だけが、そこに隠れられる。

ジャージの上下と、ウインドブレーカー。それに、帽子と手袋を身につけている。冬場のウォーキングの定番といえる服装だ。これならば、夜の住宅街を歩いていても、不審に思われない。それに、まだ午後八時だ。

　誰かが近づいてくる気配があった。そっと様子を窺う。大城菜摘だった。いつも勢いよく歩いているけれど、今日はさらにせかせかしていた。走ってはいないものの、気が急いていることがよくわかる。どんどん近づいてきた。

　今だ！

　わたしは物陰からひょいと足を出した。その足に、大城菜摘の足が引っかかる。

「あっ！」

　短い叫びと共に、大城菜摘は見事に転んだ。次の瞬間、わたしは路上に出て、転んだ大城菜摘の背後から、盆の窪に針を突き立てた。

　びくん、と大城菜摘の身体が震える。

　盆の窪の奥には、呼吸中枢がある。そこを針で突かれたら、ひとたまりもない。これで、大城菜摘は確実に死ぬ。

　わたしは針を大城菜摘の身体に残したまま、歩きだした。先ほどの大城菜摘のように急がない。それでもリズミカルに、いかにもウォーキングしているかのように歩みを進めた。

　今回も、うまくいった。

「結局、何だったんでしょうね」

本多がビールをひと口飲んでから、そう言った。

今日は本多の家で、ささやかな打ち上げをやっている。依頼を無事に遂行できたから、駅前のスーパーマーケットでオードブルセットとビールを買って、二人だけの慰労会だ。

「わからない」簡単に答えて、わたしもビールを飲む。「でも、本多くんのおかげでうまくいったよ」

感謝の意を述べたのに、本多はたいして嬉しそうな顔をしなかった。

「あの程度だったら、何もしてないのと一緒ですよ」

「そんなわけない」わたしはぱたぱたと片手を振った。「君がいないと、タイミングがわからなかったんだから」

本多は、テーブルの脇に視線を落とした。

「まあ、こんなものを見たら、誰だってああなりますよね」

わたしも同じところを見る。床の上に新聞紙が敷いてあり、その上に人形が載っていた。マッハイエローのソフトビニール人形。しかも、土で汚れている。

わたしが家電量販店で買ったものだ。それを、近くの公園から持ってきた土で汚した。そして大城菜摘が仕事に出た後、郵便受けにチラシを投函するふりをして人形を入れたのだ。

「大城菜摘は、相当驚いてましたよ。まあ、そうですよね。郵便受けを開いたら、自分が埋めたはずの人形が入ってるんですから。何が起きたんだと、畑を確認しにいくのは当然です」

本多に頼んだのは、大城菜摘が住むアパートの監視だった。大城菜摘が郵便受けを開けて人形の存在を確認すれば、必ず畑にやってくる。大城菜摘が郵便受けを開けて、再び駅に向かったところで、わたしに連絡してもらうことにしていたのだ。だからわたしは、最適なタイミングで、大城菜摘を待ち伏せすることができた。

本多がオードブルセットから卵焼きを取った。

「あんまり驚いたんで、郵便受けを閉めてダイヤル錠をかけるのを忘れたみたいですね。そんな余裕はなかったというか。だからこうやって、人形を回収できたんですけど」

「助かるよ」

わたしは海老フライを取った。買ってきてから、本多がわざわざフライパンで温め直してくれた。だから衣のサクサク感が戻っていて、とてもおいしい。

「警察に押収されたところで証拠にならない自信はあるけど、回収できるとできないのじゃ、できた方がいいからね」

そうですね、と返しながら、本多があらためて人形を見下ろした。

「わざわざ人形を買ってきて埋めるというのもわかりませんけど、先々週は三体、先週は十体。大城菜摘はどうしてそんなに埋めなきゃいけなかったんでしょうか」

「そうだね」海老の尻尾まできちんと食べて、わたしは答える。「考えてることは、なくはないけど」

本多が瞬きした。「何です？」

「そうだね」わたしはまた言って、考えをまとめた。

「喫茶店での会話を聞いて、わたしたちは勝手にストーリーを作ったよね。あれが本当だという前提で考えたんだ。なぜ人形を埋めたのかという結果からの逆算じゃなくて、岩見周造と結婚した辺りからの、大城菜摘の人生を」

またビールを飲む。

「現在、東京に住んでるってことは、元々こちらの人間か、こちらに土地勘があったことは想像できるよね。だから岩見周造と出会ったのも結婚したのも東京だったんじゃないかと思った」

「岩見周造は、今は鹿児島に住んでますよね」

本多が口を挟んだ。話の腰を折るのではなく、話を進めるための合いの手だ。わたしはうなずく。

「今は東京で働いているけど、いずれ鹿児島に戻って家を継がなければならない。結婚前から、大城菜摘には、そう話してたんじゃないかと思う。大城菜摘も、当然のように受け入れた。まあ、そうだよね。好きで結婚したい相手がいて、その相手が出した希望だから、賛成しないわけがない」

「でも、鹿児島に行ったら、勝手が違った」

「鹿児島の人がみんな同じなはずはないけど、少なくとも岩見周造の両親は、ものすごく古い価値観の持ち主だった。跡取りの妻は、次の世代を担う男児を産まなければならないと。陰に陽にプレッシャーがかかったと思うけど、大城菜摘は無事に男児を産んだ」

「そうしたら、義父母の関心が、一気に孫に移った。息子の嫁など、孫を育てる養育係に過ぎない」

本多は苦虫を噛み潰したような顔をしている。それはそうだ。目の前の芸術家は、そのような旧態依然とした価値観を、極度に嫌っている。

「あれこれ育児に口を出されて、自分の行動を全否定される。そんなことが続いて、大城菜摘は、岩見の家が心底嫌になったんだと思う。そんな苦労が、大城菜摘を実年齢より老けさせたのかもね。とにかく大城菜摘は夫に訴えた。出ていきたいと。岩見周造は、妻にそんなことを言わせるほど追い詰めたことで、自分を責めたのかもしれない。けれど自分は、家を捨てるわけにはいかない。離婚を認めるしかなかった」

本多が口をへの字に曲げた。

「大城菜摘は、子供を連れて出て行けると思ったんでしょうか」

答えは予想できているという顔だ。わたしはその予想が的中していることを告げた。

「期待はしてなかったんじゃないかな。義父母の様子を見ていたら。かといって子供のために耐え続けることもできない。それこそ断腸の思いで、子供を置いて出ていくしかなかった。自分にはひどい仕打ちをしても、将来の跡取りである息子は大切にしてくれるだろう。それを期待して」

「でも、息子は死んでしまった……」

本多がつぶやくように言い、わたしは黙ってうなずいた。しばらくの間、二人とも黙々とオードブルを食べ、ビールを飲んだ。

「岩見周造は監督責任と言ったけど、水の事故だから、一概にそうとも決めつけられないと思う。ずっと一緒にいるわけにもいかないし、子供にいくら『気をつけろ』と言ったところで、軽く聞き流して遊びに行くだけだから。じじばばも同じこと。彼らに責任があるわけじゃない」

わたしは小さく息をついて、ビールを飲んだ。それで缶が空いた。本多が冷蔵庫から二本目のビールを取ってくる。礼を言って受け取った。

「ここまでが、喫茶店での会話をあらすじにして組み立てたドラマ。一応の根拠はある。でもここからは、完全に想像になる。息子は死んだ。当然、葬儀をやらなければならない。そこで岩見周造は、面倒な問題に直面することになる。葬儀に元妻を呼ぶべきか」

「そりゃあ、呼ばないわけにはいかないでしょう」本多が答える。「葬儀に呼ばないということは、子供の死を隠すということです。大城菜摘に原因があって離婚したわけじゃありません。家庭裁判所の離婚調停でも、大城菜摘が息子に会う権利は、きちんと確保したはずです。だったら、隠し通すことはできない。隠して、ばれるのは最悪です。岩見家の家名は地に落ちるでしょう。岩見周造も両親も、葬儀に呼ばざるを得ない」

「そのとおりだと思う」

　そう答えて、二本目のビールを開栓した。

「ここから、大城菜摘の立場に立って、行動をシミュレートしてみようか。子供が事故死したと連絡を受けて、葬儀があるから来るように言われる。ものすごいショックがあったと思うけど、葬儀に出ないわけにはいかない。二度と足を踏み入れるつもりのなかった土地にやってきた。そして通夜から告別式に、息子の母親として参列する。さあ、ここからだ」

　わたしは、今まで殺してきた人間の葬儀に出たことはない。けれど亡夫の葬儀は、自分が喪主として取り仕切った。辛い記憶を自ら掘り返した気がして、嫌な気分になった。

「告別式の後は、火葬場に向かう。当然、大城菜摘も同行したでしょう。火葬が終わるまでは、控え室で食事したかもしれない。待つ時間、大城菜摘も岩見家の人たちも、お互いが針のむしろに座った気分だったでしょうね。ともかく、火葬が終わって係の人が呼びに来て、すっかり骨になった息子の姿を見る。ここから、骨壺に骨を入れる作業に入る。長い箸で、順番に骨を骨壺に移していく。そんな作業を機械的にしながら、大城菜摘は思わなかったのかな。このまま息子は、岩見家の墓に入れられてしまう。自分とは、もうまったく関係のなくなった場所に。息子には、もう永遠に手が届かなくなってしまう――」

わたしの話に不吉なものを感じたのか、本多が唾を飲み込んだ。わたしの話の続きを、舌に乗せてそっと差し出すように言った。

「息子の骨を、一部隠匿した……？」

「できると思う」わたしはそう答えた。「嫁から孫を取り上げた挙げ句、その孫を死なせたんだ。さすがに義父母も責任を感じたでしょう。気まずいというレベルの問題じゃない。大城菜摘をまともに見られないのは当然。こちらを見ないんだから、手近にある骨をひとつ隠し持つことは容易だった。火葬直後だから、相当熱かったと思うけど」

「大城菜摘は、息子の骨を東京に持ち帰った」本多は口の中を清めるように、ビールを飲んだ。「それから、どうしたんでしょう」

「これも想像。というか、そんな状況に置かれたら、人はどうするかという問題だね。骨のサイズにもよるけど、たとえば財布の中に入れてずっと持ち歩くとか、そこまでしなくても部屋に小さな仏壇を置いて、そこに安置するとかも考えたかもしれない。でも一般人の感覚だと、骨は埋葬するもの。そう考えないかな」

「考えるでしょうね。自分の家の墓に入れるというのが、いい落ち着き先だと思いますけど」

真っ当な本多の意見に、しかしわたしは首を振った。

「そうしたら、両親や墓地の管理人、お坊さんに言わなきゃならないけどね。火葬場から骨を勝手に持ち出したと。法律で犯罪に当たるのかはわからないけど、非難されるのは間違いないでしょう」

　本多が自らの顎をつまんで、わたしの意見が正しいかどうか考えていた。すぐに顎から指を外す。

「確かに。だったら、自分でなんとかしなくちゃいけない。でも、どこでもいいってわけじゃないですよね。海への散骨とか、森の木の根元に埋めるとかだと、持ち帰った意味がない。かといって息子のために墓を用意するのは、おそらく経済的にできなかった」

　岩見周造が喫茶店で金を渡したのは、元妻が経済的に苦しいことを知ってたからだろうから——本多はそう続けた。

「そう。きちんと埋められて、他人が勝手に入ってこない場所。それを経済的に大きな負担なく確保できる場所。考えた挙げ句、大城菜摘が見つけたのが、レンタルの畑だった」

　ひゅっ、と高い音が鳴った。驚愕した本多の喉が立てた音だ。

「じゃあ、あの畑には、息子の骨が埋められてるんですか？　レンタルですよ？」

「そう。レンタル」わたしは素直に肯定した。「逆に言えば、お金を払って借りているうちは、ずっと自分の場所。少なくとも自分が生きているうちは、誰も立ち入らない墓所になるわけだよ」

　レンタルの畑が事業を止めて、出て行く必要が生じたら、骨を掘り出してまた別の畑に行けばいいわけだし——わたしはそう続けた。

「墓標は立てられない。建前上は、あくまでも畑なんだから。息子がそこに眠っていると、自分だけが知っている。本来なら、そこで終わっていいはずだった」

「でも大城菜摘は、それで満足しなかった……」

本多が呻くように言った。わたしの考えていることがわかったのだ。

「息子は、一人寂しく眠っている。自分が毎週会いに行くとはいえ、寂しいんじゃないか。それで、遊び相手を埋めたということですか？」

「遊び相手かもしれない」わたしは言った。「わたしは、ちょっと違うことを考えたんだ。息子は川で溺れて、誰の助けもなく死んだ。息子には、護る者が必要だ。そのために、戦隊ヒーローを埋めた。息子を護ってもらうために。それも、できるだけ多い方が、防護はより完璧になるだろう」

「兵馬俑……」

本多が呆然として言った。

兵馬俑は、中国で発見された。秦の始皇帝を死後も護る兵士として、およそ八千体の兵士の像が造られ、秦の始皇帝と共に埋められた。大城菜摘は、現代日本で同じことをしたのかもしれない。

「大城菜摘は、わかりました」恐ろしい想像を断ち切るように、本多が言った。「じゃあ、依頼人は誰なんですか？　死んだ息子を護るために、骨の周囲に人形を埋めた女性を殺して、誰が得をするというんですか？」

「わからないよ」わたしは素っ気なく答えた。「職場で大城菜摘を一方的に恨んだ同僚かもしれない。通勤電車でひと目惚れしたストーカーかもしれない。依頼人を詮索しても、意味がない。でも——」

わたしは相棒に、困ったような笑みを向けた。

「さっきまでのドラマに乗せて考えると、わかるかもしれない。わたしは、大城菜摘が息子の骨を隠匿する際、義父母は見ていなかったと推測した。でも、元夫は見ていたかもしれない」

本多が口を開けた。

「岩見周造が……？」

「その場ですぐに止めさせることはできなかった。でも岩見周造は気になった。元妻は、息子の骨をどうするつもりなのか。心配になって、土日を使って上京した。そしてこっそり元妻を監視した。そうしたら、畑に人形を埋めるところを見てしまった。わたしたちと同じように考えて、元妻の意図も理解した」

「…………」

「理解はできたけど、客観的に考えれば、明らかに異常な行為。元妻は完全に壊れてしまった。そして、壊したのは自分たちだ。このまま元妻は、異常な行動を続けながら生きていくのか。それは不憫すぎる。死なせてあげた方が情けではないのか」

わたしはうなずく。

「そう。これ以上ないくらい勝手な理屈だよね。でも、岩見周造の立場では、そう考えるしかなかった。今は冬だからいい。でも春になったら、他のエリアを借りている人たちがやってくる。そんなときに、タネを蒔くでも苗を植えるでもなく、ひたすら人形を埋めている人がいれば、いかにも怪しい。騒ぎになるのは間違いない。それは避けたかった。だから、冬の間に、元妻にいなくなってもらうしかなかった」

そして、注文したら一カ月で実行してくれる殺し屋がいたわけだ。

「まったく共感できませんが」

本多が冷たくコメントした。ということは、わたしの想像を信じたということだ。

「勝手ですね」

気を落ち着けるためか、本多はいかリングフライを口に入れた。よく噛んで飲み込む。それからビールを飲んだ。

「考え方としては、あり得ると思います。でも、大城菜摘は死にました。親兄弟がいるのかどうか知りませんけど、財産の整理をしなきゃいけないでしょう。当然あの畑も、借主が死んだんだから契約が切れます。他の誰かにレンタルされたら、その人がびっくりするでしょう。殺人被害者が、畑に多数の人形を埋めていたなんてことが明るみに出たら、マスコミの恰好な餌食です。大騒ぎになりますよ」

「そうだね。岩見周造としては、絶対に防ぎたいことだよね。じゃあ、防ぐにはどうすればいいのかな」

察しのいい本多のことだ。時間をかけずに解答にたどり着くと思ったら、案の定すぐに口を開いた。

「岩見周造が借りればいいんですね。元妻が亡くなったから、自分が畑を引き継ぐと。現住所は鹿児島ですが、近々こっちに転勤するんだとか適当なことを言えば、貸主は賃貸収入が途切れることがなくなるわけだから、反対する理由がありません。自分が借りて、春になって他の人が来るまでの間に、人形を全部掘り出してしまえばいい」

さすがだ。でも、満点じゃない。

「息子の骨は？」

「えっ？」

「人形は、わかりやすいから、すぐに掘り出せる。でも、肝心の息子の骨はどうしようか。簡単に見つかるとも思えない。もちろん、骨のほとんどは家の墓で眠っているから、放置することもできる。でもその骨を何よりも大切にしていた元妻の情念に、岩見周造が取り憑かれていたら」

「骨は、掘り出したい。でも、簡単には見つからない」

本多が繰り返す。

「それが嫌なら、放置するしかないですね。人形を掘り出したら、後は解約すればいいはずだった。でも骨がそこにある以上、他人に入られたくない。だったら、借りてそのまま放置するしかない。放置するのなら、人形を掘り出す必要もない。自分が生きている間、月々数千円でお墓の管理ができるなら、安いものだ。そう考えるかもしれません」

「だとしたら、岩見周造は、大城菜摘から墓守の仕事を引き継いだのかもね。鹿児島で暮らしていながら、埼玉にあるもうひとつの墓を、ずっと気にかけていなきゃいけない。気が休まらないでしょうね。考えようによっては、大城菜摘のこれ以上ない復讐といえるのかも」

話を終えて、わたしはビールを飲んだ。それで、二本目のビールもなくなった。

「まあ、全部妄想だよ。殺し屋は、妄想で動いちゃいけない。今までの与太話が合っているのか間違っているのかも、どうでもいいことだよ。わたしがやらないといけないのは――」

わたしは相棒に微笑みかけた。

「契約どおり、依頼人にアクセサリーを発送することだよ」

残された者たち

相澤典之（あいざわのりゆき）が霊柩車（れいきゅうしゃ）で運ばれていった。

霊柩車には、妻の若葉（わかば）が同乗している。両親を乗せた乗用車が、その後を追った。他にも何台か続いているのは、親族だろうか。

塩野雅彦（しおのまさひこ）は、相澤の後を追わなかった。同僚として告別式には出たけれど、火葬場へ行くのは、やはり関係の深い人間に限られる。いくら会社の同期で仲がよかったとはいえ、火葬されて骨になった相澤を骨壺に入れる資格など、自分にはない。会社の人間も立ち会うべきだというのなら、妻であり同僚でもある若葉がいる。

この斎場は、駅から歩ける場所にあった。だから来たときと同じように、駅まで歩いて帰宅するつもりだった。

きびすを返したところで、平松梨沙（ひらまつりさ）と目が合った。彼女もまた、同じ会社の同僚として告別式に参列していた。

「どうする?」

梨沙が唐突に訊いてきた。意味がわからない。表情でそう伝えると、梨沙は説明してくれた。

「購買部長と課長が、会社の人間だけで相澤くんの供養をするんだって。駅ビルに和食レストランがあったから、そこで」

確かに、告別式には多くの会社の人間が参列していた。その中に、相澤のいた部署の部長と課長の顔も見かけた。決して悪い人たちではないから、純粋に部下を悼む気持ちがあっての呼びかけなのだろう。

しかし塩野は首を振った。

「いや、俺は情シスだからな。購買の連中に混ざる気はないよ」

相澤は、製品を製造するための原料を調達する、購買部に所属していた。一方、塩野は情シス――情報システム部に所属している。情報システム部は社内のコンピューターネットワークを扱う部署だから、社内のあらゆる部署に関係している。けれど、購買部と特別に近いわけではない。自分が参加しても、浮くだけだろう。

「平松さんはどうする？」

梨沙は困ったように首を振る。「わたしも購買じゃないから」

要は参加しないということだろう。梨沙は監査部に所属している。これまた、社内のあらゆる部署と関係する業務だ。ただし、監査という業務の特性上、どの部署とも親しいわけではない。むしろ、煙たがられる立場だ。確かに、梨沙が参加したら、塩野以上に浮くのは間違いない。

「じゃあ、俺たちだけで行くか。数少ない本社組の同期だし」

梨沙の表情が、少しだけ緩んだ。自分もそう言いたかったというふうに。「そうだね」

購買部の連中の目を避けるように、こそこそと斎場を後にする。けれど、避けられない視線も存在する。

その正体もわかっている。警察官だ。制服は着ていない。「刑事」という、テレビドラマでよく聞く呼び名が正式な職名なのかどうか、塩野は知らない。けれど、いわゆる私服刑事がここにいる理由は知っている。

相澤は、他殺死体として発見されたからだ。


「お疲れ」

「お疲れさま」

塩野は梨沙とビールジョッキを軽く触れ合わせた。

斎場の最寄り駅から、電車で二十分ほど移動したターミナル駅。その近くのそば屋に、二人で入った。まだ日が高い時間帯だから、居酒屋が開いていない。別にファミリーレストランでも酒は飲めるのだけれど、相澤がそば好きだったことを思いだして、そば屋を選んだのだ。

といっても、腰を据えて飲むわけではない。ビールと一緒に注文した枝豆や板わさの後は、そばを食べてさっさと帰るつもりだ。

「まったく」ビールをひと口飲んで、塩野は言った。「相澤が、あんなことになるとはね」

「ほんと」梨沙がテーブルに置いたジョッキを見つめたまま答える。「まさか、知り合いが殺人事件に巻き込まれるなんて、思ってもみなかったよ」

「いや、それは正確じゃない」塩野が訂正する。「巻き込まれたのは、俺たちだ。相澤は被害者だから、いわば当事者だよ。巻き込まれたという立場じゃない」

梨沙が上目遣いで睨んでくる。「相変わらず、細かいね」

「それは、仕方がない」塩野は片手を振った。「誰かが、あいつを『相澤典之』として殺したんだ。犯人にとって、相澤は二人称だ。巻き込まれた第三者じゃない。ここは、相澤を弔う場だ。相澤の立ち位置を明確にしておかないと、あいつが浮かばれない」

「まあ、正しいと思う」しつこい説明に、梨沙が苦笑に近い表情を浮かべた。「単なる通り魔事件じゃなければ、だけど」

五日前。相澤典之はスーパーマーケットの自転車駐輪場で発見された。

会社の同期である中根若葉と結婚した相澤は、駅から自転車で五分ほどのマンションに新居を構えた。

相澤は、購買部という社内でも有数の多忙な部署の所属だったから、残業が多かった。一方の若葉は、比較的残業の少ない部署に所属している。だから先に帰った若葉が、夕食の支度をして、夫の帰りを待つという日常だった。

ただ、残念なことに——というか、なぜ結婚したのかと周囲が不思議がっていた——相澤は酒飲みなのに、若葉はまったく酒を飲まない。だから相澤は、帰宅途中にスーパーマーケットに寄って酒と肴を買って帰るのが日課だったと聞いている。肴はともかく、酒は重い。自分だけが飲み食いするものを、妻に買って運ばせるわけにはいかない。そんな心遣いだ。単に、好みのものを自分で選びたいだけかもしれないけれど。

あの日も、相澤は同じように自転車でスーパーマーケットに寄って、そこで死んだのだ。

「通り魔」塩野は梨沙の目を見つめた。「警察は、そんなこと言ってなかったと思うけど」

「まあね」梨沙は枝豆を莢から取り出しながら答える。「事件のあった時間帯に、どこにいたか聞かれたよ。だから通り魔と決めつけてるわけじゃないと思う」

「どこにいたんだ？」

塩野の問いに、梨沙は簡単に答えた。「家にいた」

梨沙は地方出身だけれど、残念ながら本社には独身者が入居できる社員寮がない。だから独身の社員は、住宅手当をもらってアパートを借りている。塩野もそうだ。

「塩野くんは？」

当然の問いに、当然のように答える。「家にいたよ」

塩野は板わさを口にした。かまぼこに切れ目を入れてワサビを挟み込んだ料理だ。そば屋だけあって、いいワサビを使っているのだろう。ツンとする芳香が鼻から目に抜けた。

「俺も『事件のあった日の夜九時から九時半の間に、どこで何をしていたか』って聞かれたな。つまりは、その時間帯が犯行時刻だってことだ」

「その質問に」梨沙がまた上目遣いでこちらを見る。「どんなふうに答えたの？」

警察の質問に細かく思い出しながら答えたから、今でも記憶にある。梨沙の質問にも、すぐに答えられた。

「情シスも残業が多いときは徹底して多いけど、あの日はそうでもなかったから、七時には会社を出た。帰りがけに駅前のとんかつ屋でカツ丼を食べて、帰り着いたのは八時過ぎだったかな。シャワーを浴びて、スマホの動画を見てたって答えたよ」

「カロリーの高い晩ごはんだね。そのうち太るよ」

関係のないことをコメントして、梨沙は息を吐く。

「だいたい同じだね。わたしが家に帰り着いたのは七時過ぎだった。晩ごはんを作って食べて、お風呂に入って、九時からのバラエティ番組を観てた」梨沙は視線を落とす。「わたしはテレビを見ながら笑ってたけど、その時間に相澤くんは刺されて死んじゃってたんだね」

「そんなコメントは無意味だ」塩野はすぐさま言った。「その場にいて相澤を見殺しにしたのならともかく、知らなかったんだから」

「わかってる」言いながら、梨沙は頭を振った。「でも、相澤くんが苦しんだと思うと、どうしてもそんなふうに考えちゃうよ」

警察は事件の状況について何も教えてくれなかったけれど、テレビやネットのニュースで、ある程度の状況はわかっている。

「腹をナイフで何回も刺されるってのは、どんな感じなんだろうな」

梨沙が渋面を作った。「考えたくないね」

「まったくだ」塩野はため息をついた。「何回も刺すくらいだから、犯人はよっぽど相澤を恨んでたんだと思う。だから警察は、相澤の近くにいる人間を疑ってるはずだ。関係が深い方が、恨みや憎しみを抱きやすいからね。俺たちに犯行時刻の行動を聞いたのは、そのせいだ」

実はこのそば屋にも警察官がいて、自分たちの話に聞き耳を立てているのかもしれない。気にしていても仕方がないけれど。

「でも」梨沙が渋い顔のまま反論してきた。「相手が誰でもいい通り魔でも、何回も刺したり殴ったりすることは、よくあるってネットに出てた。相手じゃなくて、その行為そのものが目的だからって。警察は、通り魔の犯行も捨ててないと思う。優先順位は高くないかもしれないけど」

「優先順位」塩野は繰り返す。「確かに、相澤の近くにいる人間から調べた方が、どこの誰ともわからない通り魔を探すより、効率がよさそうだ」

「そう思う」梨沙もうなずいた。「もし動機が怨恨なら、相澤くんの近くにいる人間しか恨みようがないよね。つまり社内」

「会社の外かもしれない。学生時代の友人とか」言いながら、塩野はすぐに首を振った。「といっても、相澤は関西の大学だった。就職で東京に出てきたって言ってたから、こっちには会社以外の知り合いは多くないかもな」

「社外で、趣味のサークルとかに入ってたかもしれないけど、若葉からそんな話は聞いたことないね。ってことは、やっぱり社内なのかな」

「警察がそう考えてる可能性は高い。俺たち会社の人間から話を聞いて、その中で怪しいと感じた奴を、突っ込んで調べる。俺たちの『家にいた』って証言も、最初は額面どおりに受け取ってくれたとしても、怪しいと思ったら、本当なのか裏を取ろうとするだろうな」

説明しながら、塩野は自分の心に影が差すのを感じた。けれど表には出さない。

梨沙は納得の表情を浮かべた後、眉間にしわを寄せた。

「そうだと思う。でも、相澤くんに最も近いのは、なんといっても若葉だよ。結婚してるんだから。警察も、若葉を真っ先に疑ったと思う。ただでさえ夫を失って傷ついてる若葉に、警察が何を言ったのか、心配だよ」

「さすがに、気を遣ったと思うぞ」別に警察をかばう義理はないけれど、塩野はそう答えた。「いくら疑ってたとしても、表面上は礼儀正しくしてたんじゃないかな。今どきは、迂闊なことを口走ったら、すぐにネットに書かれて炎上するから」

「だったら、いいけど」

そう答えた瞳には、この場にいない若葉が映っているように思えた。塩野もまた、若葉の明るくよく動く表情を思い浮かべる。

「被害者の妻や夫が疑われるのは、これはもう仕方がない。実際に犯人だったケースも少なくないんだろうし。中根さんも大変だろうけど、それは犯人を恨んでもらうしかない」

若葉は相澤と結婚して、戸籍上は相澤姓になっている。けれどずっと旧姓で呼んできたから、なかなか新姓で呼びにくい。夫との区別もつきにくいし。だから塩野は、若葉のことを未だに「中根さん」と呼んでいた。

「仕方がない」梨沙が繰り返す。「若葉が相澤くんを憎んでたとか、考えられないけど」

「同感だけど、夫婦間のことだから、本当のことはわからない。だからコメントしない」

塩野はそう答え、梨沙の仏頂面を引き出した。

本音だった。とはいえ、発言の順番は異なる。「夫婦間のことだから、本当のことはわからないけど、同感だ」というのが、正しいニュアンスだ。

そう。若葉が夫を殺したいほど憎んでいたとは、どうしても思えない。では、若葉以外が相澤を殺したいほど憎んでいたというのか。そして実際に殺したというのか。

妻は、そんなことを考えなかったし、やっていない。でも、妻ではない女性なら憎むかもしれない。

塩野たち情報システム部には、あまり聞こえがよくない業務がある。それは、社員の監視だ。

といっても、不正を働いているかどうかを監視しているわけではない。そのような業務もなくはないのだけれど、不正の確認は内部通報があったときに限られる。平時にやっているのは、隠れ残業のチェックだ。

労働環境の改善が叫ばれている昨今、塩野たちの会社も、残業規制を厳しくしている。人事部が部署ごとに残業の上限を設けて、護るよう通達しているのだ。

といっても、社風は簡単には変わらない。遅くまで残業するのが美徳といった価値観から脱することができず、退勤ボタンを押した後でも仕事を続ける社員が続出した。表に出ない残業だから、隠れ残業と呼ばれている。

そこで人事部は、一計を案じた。パソコンの使用状況を監視して、隠れ残業を見つけたら、上長の査定を下げるという社内規定を作ったのだ。

実際問題として、社内のネットワークシステムに自分のＩＤでログインして、サーバーからデータを取らなければ、仕事ができない。アクセスの記録はすべて残るから、出退勤システムのデータとアクセス記録を照合すれば、誰が隠れ残業したかは、簡単にわかってしまう。その確認作業をやっているのが、塩野たち情報システム部というわけだ。

もっとも、勤務時間中に必要なデータを個人のパソコンに転送すれば、退勤後のアクセス記録を残さずに仕事はできる。けれどその行為は情報漏洩につながるため、社内規定で厳重に禁止されている。アクセス記録を詳細に調べれば簡単にわかってしまうし、見つかったら重めの処分を科されるから、そこまでして隠れ残業をする社員はいない。そんなわけで、塩野たちは社員の働き方改革の一端を担っているわけだ。

塩野は先日も、隠れ残業チェックをしていた。といっても、社員一人一人の出退勤記録とサーバーへのアクセス記録を目で照合したわけではない。照合プログラムを組んでいて、引っかかったものだけを確認するのが仕事だ。

ある月に、プログラムが退勤後のアクセスを検知して表示した。塩野がデータを見てみると、購買部の相澤が、退勤後にチャット機能を使っていたと表示されていた。

いくら退勤後の業務を禁止しているといっても、会社支給のスマートフォンを利用したメールのやり取りは黙認されている。相手先企業への対応やトラブル処理など、即時性が必要な場合があるからだ。チャットもメールと同じようなコミュニケーションツールだから、こちらも同様に黙認されていた。

それでも塩野は引っかかった。チャット機能は社員同士で行うもので、取引先と行うものではない。しかも、メールより即時性が高い。ということは、相澤と同じ時間帯にチャットのやりとりをした社員がいるのだ。

プログラムに引っかかった他のデータを検索したところ、同じ時間帯にチャットの記録を残している社員がいた。それが、監査部の平松梨沙だった。

その事実に、塩野は戸惑う。会社の同期だし、別にチャットのやり取りをしていても不思議はない。内容が業務外のことだったら、むしろ勤務時間中にはしない方がいい。そう考えて、二人とも退勤後にチャットで無駄話をしたのだろうか。

プライベートの覗き見だから気が引けたけれど、チャットの内容も確認した。

『表計算ソフトのマクロ設定をしくじって、七回もやり直したよ。勤務時間を無駄に使ったって、監査のときに文句を言わないでくれよな』

『そんなことしないよ。でも、課長が渋い顔してたんじゃないの？』

脱力した。何ということのない、雑談だ。

安心すると同時に、違和感も覚えた。何ということのない雑談を、どうしてこの二人が、このタイミングでするのか。

塩野は過去に遡って、相澤のチャットの記録を追っていった。別に塩野は購買部の担当というわけではない。情報システム部の他のメンバーもまた、同様な監視業務に就いている。けれどメールやチャットは、引っかかっても黙認するのが慣習になっている。だから今まで、プログラムが抽出しても、誰も確認しなかった。

――やはり。

塩野は唾を飲み込んだ。相澤の勤務時間外チャットは、常に梨沙を相手にしていたのだ。

記録を見る。二人がチャットを始めたのは、ここ半年ほどのことだ。それ以前は、まったくない。ということは、半年くらい前に、何かがあったのだ。二人は、若葉に隠れて関係を持ったのではないか。

何か、と理性が言いながらも、感情は答えを見出していた。

そんなバカな、と思いつつ、二人のチャットを読み返す。何てことのない雑談。

『報告書をまとめてたら、十九枚になった。さすがに疲れた』

『お疲れさま。帰って晩酌でもしてよ。今は新酒のシーズンでしょ』

『十八日に取引先に行くんだけど、打ち合わせはともかく、その後の懇親会が面倒なんだよな』

『それも仕事のうちでしょ。向こうだって仕事なんだから、ちゃんと神対応してね』

ひとつひとつの文章は、問題ない。けれどこうして並べてみると、妙なところに気がついた。

相澤のチャットには、必ず数字が入っているのだ。それも、六、七、八、十八、十九、二十ばかりだ。

梨沙のチャットには、そのような法則性がないように見える。けれど、クセのある言葉の選び方を眺めていたら、気がついた。特定の漢字が多いのだ。「渋」「新」「神」「池」の四つだ。

それを組み合わせると、一定の法則が見えてくる。六、七、八は、それぞれ午後六時、七時、八時だろう。十八、十九、二十はそれを二十四時間制にしたわけだ。つまり、その時間なら身体が空くということ。

一方の梨沙は、場所だ。「渋」は渋谷、「新」は新宿、「神」は神楽坂か神田、そして「池」は池袋か。そうやって、チャットの雑談に紛れ込ませて、密会する時間と場所を調整していたのか。

相澤の所属する購買部は、残業が多いことで知られている。残業規制によって多少は減っているけれど、それでも社内では多い方だ。同じ会社に勤務する若葉も、そのことをよく知っていた。だから夫の帰りが遅くなっても、不思議に思わない。けれど相澤の帰りが遅くなるのは、毎回残業のせいとは限らないのだ。

塩野は出退勤システムを起動して、相澤の退勤記録を調べてみた。梨沙とチャットした日には、何時に帰っているのか。

やっぱりだ。

チャットに出てきた数字、それを時刻と解釈すると、毎回、その三、四十分前に退勤ボタンが押されていた。

もちろん、その日に相澤が何時に帰宅したかは、わからない。けれどこれだけ状況証拠が揃ったのなら、まず間違いないだろう。

そして二人がそんな関係だったのなら、相澤がなぜ自分のスマートフォンでなくて、わざわざ会社の支給品を使ったのかも、理解できる。個人持ちのスマートフォンだと、若葉に見られる危険があるからだ。一方支給品は仕事に使うものだから、若葉はいちいちチェックしない。盲点といえるだろう。情報システム部のチェックさえなければ。

塩野はそっと監視プログラムのウィンドウを閉じた。

相澤と梨沙は不倫関係にあるのかもしれない。けれどそれは個人の問題だ。塩野の知ったことではない。二人して隠れ残業しているわけではないから、人事部に報告する義務もない。自分が黙っていればいいのだ。

けれど相澤は死んでしまった。他殺死体として発見されたのだ。

——なぜ？

塩野は意識を現実に戻した。正面に座る梨沙。おそらくは相澤に対して強い感情を持っているだろう女性が、ビールを飲み干したところだった。

＊　＊　＊

「ふうっ」

塩野がビールを飲み干した。梨沙とほぼ同時だ。ビール一杯では酔っ払わなかったようで、空いたジョッキをテーブルにそっと置いた。

「もう一杯いく？　それともそばにする？」

塩野が訊いてきた。もう一杯飲みたい気もあるけれど、ここは飲み会ではない。相澤を弔う場だ。梨沙は答えた。

「おそばにしよっか」

「そうだね」

塩野も別に飲み足りなかったわけではないようだ。相澤と違って、塩野はあまり酒好きという印象がない。特に残念そうな素振りを見せずに、テーブルの脇に立ててあるメニュー表を取った。こちらに向けてテーブルに置く。

「どれどれ」と言いながら、二人でメニューを覗き込む。

「ざるそばにするかな」

塩野が独り言のようにつぶやいた。

「わたしは温かいのにする。山菜そば」

店員さんを呼んで、そばを注文する。店員さんがいなくなってから、梨沙は口を開いた。

「夫婦間のことだから、本当のことはわからない――」

塩野の科白を繰り返した。「確かにそのとおりだね。わたしたちは、若葉も相澤くんもよく知ってる。でも、あの二人がお互いをどう思ってるか、本当のところは知らない」

「まったくだ」塩野がため息交じりに言った。「もちろん結婚したんだから、好き合ってたのは間違いない」

含みのある言い方だった。まるで、今は好き合っていないかのような。梨沙は気づかなかったふりをする。

「そりゃそうだ。でもまあ、好きだから殺さないってこともないと思うけどね」

不穏な表現に、塩野が瞬きする。そんな同期に、梨沙はあえて笑みを作ってみせた。

「好きの反対は嫌いじゃなくて無関心っていうけどさ、確かによっぽど相手のことを思ってないと、ナイフで何回も刺さないのかも」

「…………」

塩野がコメントに困ったようにお茶を飲む。それで気を取り直したのか、湯呑みをテーブルに置いて口を開いた。

「さっきの通り魔説とは真逆の考えだな」

「うん。通り魔の場合は、刺すことが目的。でも知り合いだったら、殺すことが目的だからね。同じには論じられない」

そこまで言ったところで、梨沙は話を止めた。そばがやってきたからだ。

店員さんが、ざるそばを塩野の前に、山菜そばを梨沙の前に、きちんと置いてくれた。

「ごゆっくり」と言って去っていく。

「じゃあ、食べるか」

「うん」

梨沙は別に添えられていたネギを山菜の上に載せた。「いただきます」

まずは、そばをひと口。香り付け程度に、七味唐辛子を振りかけた。

「うん、うまい」

ざるそばをたぐりながら、塩野が言った。

「こっちもおいしいよ」梨沙も言う。そして続けた。「でも相澤くんは、もうそばを食べられないんだね」

塩野が箸の動きを止めた。「よしてくれ」

「ごめん」梨沙は素直に謝った。確かに、わざわざそばをまずくしても仕方がない。けれどそんな反省は無意味だったようだ。塩野はおいしそうにそばを半分くらい食べたところで、いったん箸を置いた。

「平松さんの意見は、わからなくはない」

そんなことを言った。「相澤がそばを食べられないって話じゃなくて、その前。ナイフで何回も刺すなんて、よっぽど相手のことを思ってないとできない――そんな話をしたよな」

「したね」

「真面目な話、中根さんに関しては賛成だ。愛情か、それと同量の憎悪が原因。夫婦間だからこそあり得ると思う。でも現実問題としては、俺はそんなこと信じてない。だったら、他に犯人がいるわけだ。通り魔じゃないとしたら、そいつは相澤に対して、それほど濃い感情を抱いていたことになる。さっきの話だと、社内にいそうだ。そんな奴、いるのかな」

塩野が、やや上目遣いで、梨沙の目を覗きこんでくる。こちらを探っているわけでもなく、単純に意見を求めているというわけでもない。そんな中途半端な視線だった。

「いてもおかしくないとは思うけど」そんなふうに答えた。「たとえば、相澤くんが誰かの弱みを握っていて、お金をむしり取ってたのかもしれない。だったら、その相手が、相澤くんを憎んで殺すことはあるかも」

塩野が失笑に近い表情を浮かべた。「あの相澤が、強請(ゆすり)か」

塩野の言いたいことはわかる。相澤は聖人君子ではなくても、人の弱みにつけ込んで甘い汁を吸う人間ではない。それは、彼を知る者たちの共通認識だろう。

「逆かもしれない」塩野はお茶を飲んだ。「相澤が誰かに金を貸していて、返す返さないで揉めた。相手は、返却を迫る相澤が邪魔になって、殺した」

「そっちの方がありそう」同意できる仮説だ。「相澤くんが若葉に黙って、家のお金を他人に貸すとは思えないけど」

「中根さんは知ってるかもしれない。だったら、中根さんの証言で、犯人は簡単に捕まるかもしれないな」

「確かにね。それに、わざわざ若葉に言うほどでもない金額だったかもしれない。ニュースを観てると、数千円でも人を殺した事件は山ほどあるし」

梨沙は、山菜に紛れているなめこを箸で丁寧につまんで、口に入れた。個人的好みでは、なめこが多めに入っている山菜そばは、いい山菜そばだ。

「数千円で人を殺すなんて、考えられない。でもそれが現実なら、理詰めで考えちゃいけないのかも。仕事で悩んでいる人がいて、その原因が相澤くんだと考えて、思い詰めた挙げ句に行動に出たってこともあるでしょ。他人からすると『どうしてそんな理由で』と思うような動機でも、本人にとっては重大事なんだから」

「確かに、そうかもな」塩野はまた箸を取った。そばの攻略を再開する。「その場合だと、相澤に落ち度はなくて、一方的に恨まれた挙げ句に殺されたことになるけど」

「そりゃあ、そうでしょ。殺される人の方に、いつも殺される理由があったら、たまらないよ」

「それもそうか」妙に納得した顔でそばをたぐる。箸を持ったまま右手を鼻に当てた。ワサビが効いたようだ。

「まあ、ここで俺たちが考えても無駄か。もし犯人が社内にいるんだったら、警察があっという間に捕まえるだろうな」

「うん。そう思う」

答えながら、塩野を見る。塩野はそばを食べ終わり、そば猪口(ちょこ)にそば湯を入れていた。警察があっという間に捕まえるだろうな——塩野は飄々(ひょうひょう)とした顔で、そう言った。彼は、怖くないのだろうか。

梨沙が所属する監査部は、社内のあらゆる部署の仕事ぶりをチェックする部署だ。だから煙たがられるのは仕方がない。

ただ、仕事の内容については、やや誤解がある。テレビドラマの影響なのか、監査部は社内の不正を暴く部署だと思われている節がある。

　実際は違う。どんな仕事にも、ルールと手順がある。それに沿って仕事をしていれば、ミスすることなく一定の成果が得られるわけだ。

　けれど日々業務をこなしていると、決められた手順が煩わしくなって、つい手順を端折ってしまうことがある。このくらいは大丈夫だろうと。

　一度は、それでうまくいく。「なんだ、大丈夫じゃないか」と、手順を端折るのが常態化していく。そしていつか大事故が起こるのだ。

　そうなる前に、ちょっとした手順の無視を発見するのが、監査部の仕事だ。「ルールだと三カ月に一回部品を交換することになっているけれど、記録では半年に一回になっていますね。是正してください」といった細かいことなのだ。それこそが大切なのだけれど、理解が得られないのは承知している。

　そんな、必要かつ重要なのに感謝されない仕事をやっているとき、見つけたのだ。

　我が社の購買部は「徹夜の購買」と呼ばれるくらい、仕事の量が多い。少人数で膨大な種類の原料を取引しているのだから、仕方のない面はある。人事部が推進している残業規制のおかげで多少はマシになったけれど、それでも他の部署より多いのは間違いない。

　購買部には同期の相澤がいる。別に同期がいる部署に監査を甘くするわけではないけれど、大変だろうなと思いながら、提出された資料を確認していた。

購買部から提出された膨大な資料をひとつひとつ確認するのは大変な作業だけれど、これも仕事だ。何年かやっていると、それぞれの書類の勘所もわかってくる。その中で、一つのレポートが目に留まった。

コストダウンに関するレポートだった。コストダウンは会社の利益に直結するから、どの部署も重要な業務になっている。中でも購買部は原料の価格を決める部署だから、その成果は製品原価に直接関係する。だから購買部では特にコストダウンが重要視されていた。

開発部が要求する品質の水準は高いから、安かろう悪かろうでは通用しない。かといって、いいものは高くて当たり前というのは、ビジネスにおいては禁句だ。いいものをいかに安く買うかが、購買部の技術なのだ。買い叩けばよかった時代と違って、現在は無理な値下げ要求は、優越的地位の濫用と見なされて摘発される危険がある。手段を選んで値下げしてもらわなければならない。

レポートを読むと、かなり頑張って安い原料を買っているのがわかる。購買部のメンバーである相澤も、彼の担当する原料で実績を上げていた。

けれど「がんばっていて偉いね」では監査の仕事にならない。コストダウンの数字ではなく、その数字をどうやって算出したかを見なければならないのだ。購買部がルールや手順を無視して、数字だけ合わせていないかどうか、確認しなければならない。

だからレポートだけではなく、そのための計算シートを見る。計算の途中経過と結果が違っていないか。コストアップにつながるファクターを無視して計算していないか。そんなことを、ちまちま見ていく。

くらくらするような作業だけれど、中でも相澤の計算シートは別格だった。ありとあらゆる数字が出てきて、それを自在に使って計算している。開発部と入念に打ち合わせをして、最もコストダウンが効果的な原料に絞って価格交渉しているのが、計算シートから読み取れた——けれど。

ちょっと待て。

相澤は、自分が担当している原料のみならず、他の多くの原料や、製品の配合も駆使して計算している。だから効果的なコストダウンができているのだけれど、梨沙はそこに引っかかった。

相澤が計算に使っている情報は、本来購買部が入手できない情報だ。

製造業における最高機密とは何か。製品の配合情報だ。だから、それらの情報を入手できるのは、開発に携わるごく一部の社員しかいない。逆に言えば、それらの情報がなくても、購買部は仕事ができてしまうのだ。

それなのに、相澤の計算シートには、それ以上の情報が載っている。購買部が知り得るはずのない情報が。

背筋が寒くなった。そっと周囲を窺う。監査部の面々は、梨沙のことなど誰も気にせずに、自分の仕事をしている。

梨沙は、過去の監査結果を辿っていった。正確には、過去の計算シートを。コストダウンの実績としては、相澤も他の購買部員も大きな違いはない。けれど計算シートには大きな違いがある。相澤は、本来必要のない情報も得ている形跡があるのだ。

相澤の情報収集能力が抜きんでているともいえる。多くの情報を集めて、その中で役に立つ情報を抽出して、業務に生かした。そう考えると、有能な社員だといえるだろう。けれど梨沙は監査部員だ。多くの情報を集めてと簡単に言うけれど、実際問題として、相澤は開発部の情報にアクセスできない。調べようがないのだ。では、どうやって開発部の情報を得たのか。

開発部に訊いたというのが、最も合理的かつ真っ当な仮説だ。けれど開発部は、会社の機密の最重要部分を握っている立場だ。安易に情報を出さないことを、監査部である梨沙はよく知っている。開発部が、コストダウン計算に不要な情報を、購買部の下っ端社員に出すはずがない。それどころか、部長にだって出さないだろう。

それなのに、相澤は情報を持っていた。彼は、機密情報にアクセスできる手段を持っているのだ。

そこまで考えたら、手段の想像はつく。我々の同期には、情報システム部の塩野がいる。情報システム部は、社内のすべての情報にアクセスできるのだ。

相澤と塩野は、同期の中でも特に仲がよい。一緒に海外旅行に行ったり、お互いの実家に泊まったりするくらいなのだ。そんな二人だから、あうんの呼吸でことに及ぶこととしたら。

塩野が開発部のサーバーにアクセスして、相澤が欲する情報を抜き取って渡していたとしたら。

それはルール違反だから、監査部の報告書で指摘しなければならない。けれど証拠はない。

梨沙はパソコンの前で大きなため息をついた。やはり、他の購買部員が得ていない情報を、相澤だけが持っている。それは開発部の情報だけではない。営業部や工場の情報も入っていた。

相澤は仕事熱心すぎたのかもしれない。ルール違反を承知で、塩野に情報の抜き取りを頼んだ。塩野は同期のために、様々な部署のサーバーにアクセスした。相澤がコストダウンで結果を出せば、会社の利益につながり、回り回って自分の利益にもなるからだ。

そう考えたい自分の逃げを、理性が叱りつけた。

世の中、そんな純粋な奴ばかりだったら、監査部なんて要らないよ。

そう。大きな不正でなくても、小さなルール無視に目くじらを立てるのが監査部だ。

計算シートのファイルを要求するときは、計算した当時のファイルをそのまま提出するように言っている。要求してからファイルが更新された形跡があれば、それは監査逃れのために改竄（かいざん）したことになるからだ。だから相澤は機密情報の書かれた計算シートをそのまま出すしかなかった。

相澤は梨沙を軽んじていたのかもしれない。計算シートの提出は、監査が入るたびにやっている。自分が、本来は不要な機密情報を得ていることを、梨沙を始めとする監査部の連中が見抜けるはずがないと思ったのか。

けれど、自分は気づいてしまった。そして、その気づきは次の連想につながる。

コストダウン計算に使わなかった機密情報を、相澤は何に使おうとしているのか。

同期社員としては最も考えたくなくて、監査部員としては最初に思いつくこと。それは、会社の機密情報を同業他社に売ることだ。会社では、会社のデータを個人パソコンにコピーすることは、社内規定で厳重に禁止されている。けれど、やろうと思えば、できないわけではない。

ただし、データをコピーするという作業は、記録に残る。情報システム部が調べれば、一発でわかる。

それでも、ばれないようにする手段がある。情報システム部を味方につけてしまえばいいのだ。不穏なアクセス記録は、情報システム部が消してくれる。

塩野は、相澤に協力していた。いや待て。相澤は機密情報を他者に売って金儲けできたかもしれない。けれど塩野にとっては悪事に協力するリスクばかり押しつけられるばかりで、メリットはない。いくら仲がよくても、塩野が危ない橋を渡る必要はない。

一所懸命仮説を否定しようとしながらも、梨沙は簡単な解決策を思いついていた。

塩野もまた、機密情報を他社に売っていれば、危ない橋を渡る理由になる。

それだけではない。機密情報の切り売りだけでは、たいした金にならないだろう。手持ちの情報をすべて売ってしまえば、それで終わりだ。しかも、自社の機密をライバル会社に売り渡せば、会社の業績が下がって結局は自分の損になる。相澤と塩野なら、もっと効果的な使い方を考えるのではないか。

機密情報を持ったまま、より条件のよい同業他社に転職する。

相澤も塩野も、会社を辞める気ではないのか。転職先への手土産として機密情報を入手して、転職先で情報を小出しにすることで、自分の存在意義を確保する。おそらくは機密情報の、最も効率的な使い方だ。妻の若葉は会社に残ることになるが、社内結婚した片方が転職することは、別に珍しくない。

梨沙は一人で頭を抱えた。どうしよう。現段階では、証拠がない。自分としては真実をつかんだ手応えがあるけれど、検証するためには、監査部長から情報システム部長に話をして、塩野のアクセス記録をすべて調べる必要がある。そこまでさせるほどの説得力は、自分の仮説にはない。

梨沙は相澤の計算シートを閉じた。

相澤は不正をしているのかもしれない。けれど証拠がない。相澤が知らなくてもいい情報を知っていたという事実はあっても、単に仕事熱心だったという結論が出る可能性はあり得るのだ。

それに、真実だったとすれば、なおのこと購買部長が握りつぶそうとするだろう。自分の監督責任が問われるからだ。部下が熱心に仕事をしているのに、監査部が妨害していると、経営陣に訴えるかもしれない。

監査部は社長直轄の組織であり、他の経営陣の影響は受けない。けれど社長自身がたたき上げの人物だから、過度な熱心さはむしろ賞賛する価値観の持ち主だ。そこまで考えると、梨沙が話を大きくするのは得策ではない気がしてきた。

黙っていよう。

梨沙は、そう結論づけた。計算シートの結果とレポートの書きぶりには、齟齬がない。そこに至るまでの過剰な情報に言及する必要は、必ずしもない。

そう。自分が黙っていればいいのだ。

梨沙は現在のそば屋に意識を戻した。

塩野は、ゆっくりとした動作で、そば猪口にそば湯を入れて飲んでいた。

梨沙は山菜そばを食べ終えて、つゆを少しだけ飲んだ。ラーメンほど脂分はなくても、塩分の取り過ぎにつながるから、全部は飲まない。

そば湯を飲み干した塩野は、そば猪口を置いて梨沙を見た。

「もう、ごちそうさまでいい？」

その口調には、何の不安も含まれていないように感じられた。

相澤が死んだことで、自分の罪を知る者はいなくなった。そのことに安心しているのか。

――それとも？

＊＊＊

相澤若葉は、来客が帰るのを見送ろうと玄関まで出た。靴を履いた梨沙が、あらためて若葉を見る。

「本当に、大丈夫？」

今日、ここに来てから何回目の科白だろう。若葉は静かに首を振った。「もう大丈夫。落ち着いたから」

「俺たちに何ができるわけでもないけど」塩野も言う。「気晴らしが必要なら、いつでも言ってくれ」

若葉は口元だけで笑ってみせた。「うん。ありがと」

塩野が梨沙に顔を向ける。「じゃあ、行こうか」

梨沙もうなずく。「そうだね」

どちらも、紙に書いたものを読んでいるような口調。

そのことに、若葉は違和感を抱いた。二人は特段仲がいいわけではなくても、気が合わないわけではない。同期で遊びに行ったりしても、ごく普通に接していた。それなのに、なんだかお互いを意識しているように見えた。それも、悪い方に。二人の間に、何かあったのだろうか。

「じゃあ、帰るね」

梨沙が言い、塩野がドアノブを握った。

「うん。気をつけて」

ドアが開かれ、閉じられた。

若葉は、また一人になった。

「ふうっ」我知らず大きく息をついて、部屋に戻る。

部屋には小さな仏壇が置かれていて、典之の写真が飾られている。

若葉は部屋の真ん中に立ったまま、亡夫の遺影を見つめていた。

典之とは、入社一年目から交際を始めた。明るく気遣いのできる性格で、みんなから好かれていた。自分も惹かれた一人だ。新入社員と呼ばれるうちから男女の仲になり、勤続三年で結婚した。

好きになったのは、もちろん人間的な魅力からだ。でもそれだけではなく、優秀だったことも重要な要素だったのは否定できない。女は現実的だ。いくらいい人でも、ずっと平社員の安月給では結婚相手にならない。典之ならば、ある程度の出世は見込めるだろう。そう思って、結婚に踏み切った。

その判断は、間違っていなかった。購買部では若手のホープと呼ばれ、二十代のうちから重要な取引先を任されるようになった。順調にいけば、それなりの地位に就けるだろうと、みんなが噂していた。

けれど、若葉の意見は少し違う。典之は仕事ができる。出世もするだろう。けれど結婚してわかったことがある。

彼は、愚かなのだ。

おそらくは、自分の能力に対する自負はあるのだろう。そのため、無意識のうちに周囲の人間を低く見てしまう。気さくな人柄にみんな騙されるけれど、長時間一緒にいる自分にはわかる。どうせ君には理解できないだろう——言葉の端々に、そんな響きを感じるのだ。

他人を愚かと思う人間こそ、愚かだ。

格言めいた言葉だけれど、真実をついている。典之は、自分のやっていることがばれていないと思い込んでいた。梨沙と浮気していることなんて、すぐにわかるのに。

自分のスマートフォンで連絡を取り合うと妻にばれるかもしれないから、会社支給のスマートフォンを使う。そんな底の浅い欺瞞(ぎまん)で、騙せると思い込んでいた。

それだけではない。本人はこっそりやっているつもりでも、転職活動していることも丸わかりだった。そのための手土産を準備していることも。

若葉にとっては、こちらの方が深刻だった。会社の機密情報をこっそり抜き取っていることが在職中にばれたら、解雇は間違いない。不正がばれて懲戒解雇された人物に、まともな転職先があるわけもない。それに、妻である自分も会社にいづらくなる。自分は転職できるだろうけれど、今よりも待遇がいい転職先があるとは限らない。しかも夫は無職だ。生活が苦しくなるのは、目に見えている。

ばれないうちに転職できても、逃げ切れたわけではない。何かの弾みで過去の不正がばれれば、転職先に連絡が行くだろう。典之を使って会社の機密情報を盗み取ったと、転職先の企業を相手に訴訟を起こすかもしれない。そうなったら、典之は転職先の会社にもいられなくなる。

不正が明るみに出ないうちに、なんとかしなければならない。浮気なんて、はっきり言ってどうでもいい。もし梨沙に本気になったのなら、熨斗(のし)を付けて贈呈してあげる。けれど自分の夫であるうちは、不正が発覚してはいけない。そう。夫がいることで、自分には明確かつ具体的な不利益が生じるのだ。

いちばんの近道は、離婚することだ。けれどその選択肢は採らなかった。仮にも愛して結婚した相手が、これほど愚かで、しかも自分のことを賢いと思っている。その事実が許せなかった。

これは憎しみではない。憎ければ、自分の手で殺す。そうでないからこそ、外注に出したのだ。

怨恨(えんこん)に見える殺し方に追加料金が必要だったのは、予想外だったけれど。

花を手向けて

「みんなー、準備できたかーっ？」

神谷祐二の声が、河川敷に響いた。

「オッケーでーっす！」

子供たちが口々に答える。春休みの河川敷はまだ肌寒いのに、夢中になっている子供たちにとっては、まったく気にならないようだ。

「じゃあ、みんな発射台から離れてーっ」

子供たちが、発射台から後ろに移動する。みんな、手に自転車のブレーキレバーのようなものを持っていた。いや、実際に自転車のブレーキレバーを転用したスイッチだ。

こども工作教室に参加した小学生たちの人数分、手造りのペットボトルロケットが横一列に並んでいた。サイズと形状から、五百ミリリットル入り炭酸飲料のボトルで作ったことがわかる。これまた手造りの発射台から、斜め上に先端を向けていた。

「じゃあ、カウントダウン行くぞーっ！」

子供たちがカウントダウンを始める。

「さーん、にーい」

子供たちのさらに後ろから、保護者たちが見守る。うまく飛んでくれるか、本人たちよりも保護者の方が緊張しているように見えた。保護者に紛れ込んでいるわたしも、つい緊張してしまう。

「いーち」

「発射っ！」

神谷祐二の声と共に、子供たちが一斉にレバーを握った。すると、ペットボトルロケットたちが水しぶきと共に発射された。

「わーっ！」

子供たちと、その保護者の歓声が河川敷に響いた。

軌道はバラバラだ。姿勢制御のための羽も手造りだから、それほど精度は高くない。五メートルも飛ばないうちに落ちる機体も、もう少し飛んだけれど大きく右や左に逸れる機体もある。その中でも二〜三機はまっすぐ遠くへ飛んでいった。最も飛んだ機体で、十メートルくらいは飛んだだろうか。

「やったーっ！　みんな、成功だっ！」

神谷祐二の声が弾んでいた。子供たちに駆け寄り、一人一人とハイタッチする。子供たちが走って、自分のロケットを回収した。

保護者たちが、子供たちの成功に拍手していた。わたしも一緒になって拍手しながら、ちらりと横を見る。若い女性が、同じように拍手していた。長い黒髪が美しい。わたしは中年だから保護者に交じっても違和感がないけれど、彼女は二十代に見えた。親にしては若いし、姉にしては歳が離れすぎている。子供たちの関係者ではなさそうだ。事実、保護者たちが自分の子供を見ていたのに対し、彼女の視線はずっと神谷祐二に向けられていた。

子供たちが戻ってくると、こども工作教室の主宰が大声を出した。

「じゃあ、今から神谷先生のロケットを飛ばすから、みんな、見ていてーっ」

子供たちから、また歓声が上がる。神谷祐二がペットボトルロケットを持って、発射台のあるところまで移動した。

大きい。子供たちが五百ミリリットルサイズだったのに対し、おそらくは千五百ミリリットルサイズだろう。全体の造りも、羽も、工作精度が段違いなのが、遠くからでもよくわかる。

ロケットのサイズに合わせてしっかりとした発射台を丁寧に設置し、ロケットをセットした。

「じゃあ、いくよーっ。みんな、カウントダウンをお願いね！　せえのーっ」

「さーん、にーい、いーち」

「発射っ！」

神谷祐二がレバーを握った。ロケットが発射される。

目が追いつかなかった。子供たちのロケットとは、スピードのレベルが違う。しかも発射角が高い。ようやくロケットを見つけたときには、はるか遠くに着地していた。百メートルは飛んだのではないか。

子供たちの歓声は、もう絶叫に近かった。神谷祐二が両手を高く挙げて、歓声に応える。隣の女性も、満足げな笑みを浮かべていた。

この光景だけ見れば、神谷祐二は子供たちに慕われている好青年にしか見えない。

それでも、彼を殺したい人間が存在するのだ。

しかも、あんな変な方法で。

＊　＊　＊

「おつかれさまです」

本多元が笑顔で迎えてくれた。

「悪いね、いつも」

「いえ、全然」

いつものやり取りをして、わたし——鴻池知栄は本多の家に上がり込んだ。外の風はまだ冷たいけれど、家の中は暖かい。

部屋の中央に置かれたテーブルで待っていると、本多が紅茶のカップを置いてくれた。

「どうぞ」

本多はコーヒー好きなのだけれど、昨年暮れあたりから紅茶に興味を持ち始めたらしく、こうして紅茶を淹れてくれる。今日は食事前の時間帯ではないから、お茶菓子としてスコーンをつけてくれた。

「自分で焼いたの？」

本多は器用だから、お菓子作りも得意そうだ。そう思って訊いたのだけれど、本多はあっさり否定した。「いえ、さすがに買ってきました」

わたしの正面に座る。「依頼ですか？」

「そう」

わたしが本多を訪ねる目的は、ふたつしかない。ひとつは、彼の絵が売れた報告をするとき。わたしは、芸術作品やアイデアグッズを販売する、通信販売業者なのだ。けれど残念ながら、片手で数えるほどしかその機会はない。それでもゼロではないから、まだマシだと思う。実のところ、絵がまだ一枚も売れていない画家は、存在する。

そして、もうひとつの目的が、彼の言う「依頼」だ。わたしは副業で殺し屋業を営んでおり、本多にはときどき手伝ってもらっている。

「どんな相手なんですか？」

わたしはバッグからタブレット端末を取り出した。電源を入れ、家主に断って家のW

ｉ－Ｆｉにつなげた。「こんな人」

「どれどれ」本多が画面を覗き込む。「神谷祐二。二十五歳。神奈川県川崎市在住ですか」

「そう。渋谷の会社で働いてる、会社員だよ」

「好青年っぽいですね」

注文の添付ファイルには、標的の名前と住所、それから顔写真が載っている。友人たちと遊びに行ったときのものなのか、遊園地をバックにした集合写真だ。五人いるうちの一人に、赤いマジックで矢印がつけられていた。本多は画面からわたしに視線を移した。

「僕のところに来たってことは、依頼を受けるってことですね」

「うん。調べたら、その写真の人が、川崎の住所の家から出掛けるのを確認できた。帰ってくるのもね。依頼内容に間違いはない」

「いけそうですか」

本多の質問に、わたしは曖昧にうなずいた。

「うん。問題ないと思う。ただ、ちょっと気になることがあってね」

「何ですか？」

「依頼状の下まで見て」

言われて、本多が画面に視線を戻す。下まで目で追って、さらに指先で画面をスクロールした。指先と視線を止めて、またわたしを見る。

「今年の六月までに。それから殺した後、椿の花を添えてあげてください――」

「そう書いてあるね」

本多が身を起こした。「妙な依頼も、あったもんですね」

殺人の依頼は、「幸運を呼ぶアクセサリー」の発注で受けている。五百五十万円というアクセサリーの代金を受け取って、標的を殺害するわけだ。

最近まではアクセサリーをカタログに載せているだけだったのだけれど、本多のアドバイスに従って、少し条件を整えた。

発送は首都圏に限定させていただきます。

至急の発送をご希望の方には、五十万円の特急料金にて承ります。

アクセサリーにお客様ご希望のアレンジを施す場合には、内容によっては五十万円で承ります。

この三つの但し書きをつけたのだ。

発送が首都圏限定というのは、首都圏に住んでいる標的しか狙わないという意味だ。遠方の標的を殺そうとすると、監視や実行に一定の期間が必要だから、宿泊という証拠を残すことになる。地方の人間を殺すのは、地元の殺し屋に任せたい。

至急というのは、いわずもがな。通常、受注連絡してから基本的に一カ月以内に実行することにしており、カタログにもそう書いてある。けれど、もっと急いで殺してほしい人向けのメニューだ。

三番目の但し書きは、単に殺すだけではなく、条件をつけたい依頼人向けのものだ。日時指定、場所指定、殺害方法指定等、依頼によって様々だ。標的とその人物が置かれた状況によっては、かなえられないものもある。そんなときは、申し訳ないけれど、依頼自体を断る。けれど可能ならば、できるだけ実現させて、顧客満足度を上げたい。その手間賃として、追加料金をもらっているのだ。

「六月までだったら、まだ三カ月ある。通常の期間より長いから、特急料金はもらわない」

そうですね、と答えながら、本多はわずかに眉間にしわを寄せた。「それにしても、ずいぶん先ですね。六月までってことは、七月になる前にってことですよね。七月っていえば、夏休み、海開き、参議院選挙くらいしか思いつきませんが」

「神谷祐二が選挙に立候補するのかもしれないよ」

「参議院の被選挙権は、三十歳以上ですよ」

「あっ、そうか」

「もっとも、衆議院は二十五歳ですから、それまでに衆議院が解散して衆参同日選挙になったのなら、あり得ます」

「じゃあ、依頼人は衆議院解散を予知してるってことか」

「神谷祐二が立候補するのなら」

「立候補しないまでも、海開きしたらライフセーバーのアルバイトでもするのかもね」

「ライフセーバーのアルバイトを始める前に殺す意味がわかりません」

我ながらバカな会話をしていると思う。仮にも人の命を奪う話をしているのだから、もう少し神妙な態度でいた方がいいのかもしれない。

「それはともかく」本多が話を戻した。「これだけ期間が長いと、どのタイミングで実行すればいいのか、難しいところですね。依頼人の気持ちとしては、六月末ギリギリになってから実行してくれってことなんでしょうか」

「そこまでは読み取れないから、今日から六月三十日までの間なら、どこでもいいんじゃないかな。まあ、それほど引っ張るつもりはないけど」

実行するのに適した状況を待つためには、時間はあった方がいい。けれど時間が経てば経つほど、標的の置かれた状況が変わる可能性がある。だから早めに実行した方がいい――わたしはそう付け加えた。本多がうなずく。

「そうですね。神谷祐二がどんな会社に勤めてるか知りませんけど、四月に転勤で遠くに引っ越してしまう可能性だってありますしね」

「そういうこと。期限はそれでいいとして、もうひとつの方が、わからない」

「椿の花」本多がその条件を口にした。「こっちは、追加料金が必要な条件ですね」

「うん。椿はまだ咲いてるから、ちょっと探したら、花は簡単に見つかると思う。咲いている花をわざわざ摘まなくても、落ちた花を拾えば、見咎められることもないし。五十万円もらうほどの手間じゃないけど、こちらで決めたルールだから、守らないとね」

「そのとおりです」そう言って、本多は頭の後ろで両手を組んだ。「それにしても、何なんでしょうね。椿って」

「死者に花を手向けるってのは、ごく普通のことだけど」

わたしはそう言ったけれど、本多は納得していないようだった。

「棺桶に花を入れるのなら、そのとおりです。でも殺人被害者に、加害者が現場で花を手向けるなんて、聞いたことないですよ」

「そりゃ、そうだ」

短く答えて、紅茶を飲む。本多は「自分は紅茶初心者なので、まずは定番から」と言って、ダージリンを出してくる。ダージリンは、わたしでも名前を知っているメジャーな品種だ。特段のクセがない味わいだから、練習にもいいのだろうか。

「それに、白い菊ならともかく、椿だからね。白い椿もあるけど」

「じゃあ、意味が違うんでしょうかね」

本多はその恰好のまま宙を睨んだ。

「確かに、お棺に入れる花じゃないかもしれませんけど、椿には不吉なイメージがあります」

「っていうと？」

本多が姿勢を戻した。

「椿って、花びらがはらはらと落ちるんじゃなくて、花ごとぼとっと落ちるでしょ？　それが首が落ちる、つまり死ぬことを連想させるから、縁起が悪いって聞いたことがあります。だから病気のお見舞いに持っていっちゃいけないとか」

そういえば、わたしも聞いたことがある。

「それなら確かに、殺人現場に置くのに向いてるのかもね。雰囲気論だけど」

「雰囲気に五十万円出すのかって話ですけど、依頼人の経済状態がわからないから、これも何ともいえないですね。それより僕としては、椿と聞けば、想像することが他にもありますけど」

「何？」

本多は紅茶をひと口飲んで、答えた。「『椿姫』です」

「『椿姫』？」問い返しながら、記憶を探った。「ああ、オペラの」

「そうです。僕はどちらかといえば、デュマの小説の方ですけど。息子の方、いわゆる小デュマですね」

知識としては、わたしも持っている。フランスの小説だ。わたしの目の前にいる男性は、フランス語の翻訳家でもある。

「貴族のお坊ちゃんが、娼婦に恋する話だっけ」

「そうです。ヒロインが嘘をついて主人公の元を離れたからか、椿には『罪を犯す女』っていう花言葉もあるそうです。さっきの首が落ちるのと同様、不吉な響きがありますよね」

「罪を犯す女」わたしは繰り返す。「依頼人は、女かな。自分で手を汚さずに殺し屋を雇うような人が、わざわざ自分の痕跡を残すわけないけど」

「そう思います」

「まあ、いいか」わたしは紅茶を飲み干した。「意味を考えても仕方がない。こっちは依頼どおりに仕事をするだけ。標的の周辺を調べて、相談に乗ってほしいことがあったら、また連絡するよ」

本多も紅茶を飲み干した。「了解です」


川崎市の住宅街。

日曜日の昼下がりに、ひと組の男女が歩いていた。男の方は、神谷祐二だ。

「またコンビニの弁当にしてしまった」

神谷祐二がレジ袋を目の高さに掲げて言った。「俺はいいけど、姉ちゃんは大丈夫なの？　新婚家庭でやっていけるの？　料理するクセをつけとかないで」

「うるさいわね」女性の方が言う。「いざとなったら、ちゃんとやるよ」

「そのわりには、昨夜も俺が作ったけど」

「まあ、感謝はしてる」

こりゃダメだというふうに、神谷祐二が首を振った。

「そんなこと言って、祐二はどうなのよ。彼女とうまくいってんの?」

「大丈夫だよ」神谷祐二が機械的に答える。「つっても、料理を作ってあげたり作ってもらったりしたことないけど」

女性が笑みを浮かべた。

「それは仕方がないか。うちには、わたしがいるからね。うちで料理を作ろうにも、小姑がいたら、プレッシャーがかかるだろうし」

神谷祐二も素直に同意する。

「うん。あいつも親と同居らしいから、さすがに行けない」

女性がにやりと笑う。

「さっさと会いに行っちゃえばいいのに。この前の雅史(まさし)みたいに」

神谷祐二が渋面を作った。

「雅史さんが挨拶したのは、俺だけじゃんか。気楽なもんだよ。俺の場合は、向こうは両親が健在なんだから」

「それは仕方がないね」

「そもそも、まだそんな感じじゃないよ。むこうだって、今のところその気はないようだし」

神谷祐二の言い訳のような言葉を、女性は軽く聞き流したようだ。

「でも、ちゃんとつき合ってるのなら、よしとしよう」女性が真顔になった。神谷祐二の顔を覗き込む。「変なことして、彼女をがっかりさせちゃダメだよ」

「何だよ、変なことって」神谷祐二が「心外な」と言わんばかりの不満顔をする。「会社の金をちょろまかしたりしてないよ」

「ずいぶん物騒な話ね」

神谷祐二を睨みつける。神谷祐二は世間話のように続けた。

「友だちの会社で、業務上横領した先輩がいたんだって。人事課長が保証人になった親に会いに行ったり、お偉いさんが記者会見したり銀行に説明に行ったりで、大騒ぎだったらしいよ。友だちは広報部だから、マスコミ対応とかで大変だったって言ってた」

「それはご愁傷様」女性が感情のこもらない声で論評した。「あんたも、大騒ぎする側に回ってね。大騒ぎさせる側じゃなくて」

「そんなこと、しないよ」

その後も他愛のないやり取りが続いて、二人で一軒家に入っていった。


「なんか、いい奴っぽいですね」

本多が論評した。監視結果を報告したわたしも同意する。「本当に、そんな感じ」

前回の訪問から二週間後。わたしは再び本多の家を訪れていた。いつもの依頼なら、こんなに悠長には動かない。けれど今回は、時間の余裕があるから、じっくり監視しているのだ。

「神谷祐二は、両親を亡くして、姉と同居してる。姉には『まさし』っていう婚約者がいて、もうすぐ結婚するみたいだね」

本多が後を引き取る。

「本人は会社勤めをしながら、こども工作教室のボランティアをしている。子供たちにもなつかれてるってことでしたね」

「うん。少なくとも、ペットボトルロケットの出来はすごかったよ」

「ペットボトルロケット」

本多には、神谷祐二がこども工作教室でペットボトルロケット作成を指導していたことは、話してある。

「空いたペットボトルに、水と圧縮空気を入れて飛ばすやつですね。知り合いが子供の自由研究で作ったって言ってました。ものすごい水しぶきを噴き出しながら飛ぶんで、油断してたらずぶぬれになって大変だったそうです」

「そう、それ。あれほどすごいロケットを作れるのなら、子供たちが憧れるのもわかる。理工系なのか、文系でも工作が好きだったのかはわからないけど、趣味で作ったにしては出来がよすぎる」

「しかも、そろそろ結婚も視野に入れはじめた彼女がいる。なんか、充実した人生を絵に描いたような人だ」

「もちろん、外野がそう思っているだけで、本人には悩みとかもあるんだろうけど」

「それでも、うまくいっている方だと思います」

そう言う本多の口調からは、羨望の響きはまったく感じられない。翻訳も絵画も、自分の好きなことに没頭できている毎日だからだろう。殺し屋の手伝いがそこに含まれるかは、本人に聞かないとわからない。

「まあ、そのうまくいっている人生とやらは、六月末までに終わるんだけど」

「そうですね」本多が軽く答えた後、わたしの目を覗きこんだ。「何か、不安要素があるんですか」

「不安要素ってわけじゃない」わたしはぱたぱたと片手を振った。「でも、あえて言うなら、週末だね」

「週末、ですか」

要領を得ない、本多の声。わたしは話を続けた。

「こども工作教室のボランティアは、春休みだけの開催でしょう。生きていれば夏休みもやるかもしれないけど。他の週末は、彼女と会っているだけじゃなくて、バイクでどこかに出掛けてるんだ」

はじめて出てきた単語に、本多が反応した。「バイクですか」

「そう。オフロードバイクにキャンプ道具らしきものをくくり付けてたから、そういう趣味もあるのかもしれない」

「うーん」本多が腕組みした。「ペットボトルロケットとアウトドアですか。全然関係ないように見えますけど、なんだか相性がいい感じがしますね」

「どっちも、活動的なイメージがあるからかな」

「賛成です」本多が腕組みしたままうなずいて、こちらを見た。「出掛けるのは、一人ですか？」

わたしは首を振る。

「それは、わからない。少なくとも家を出るときは単独だった。どこかで友だちと合流するのか、現地集合なのかは、わかっていない。車やバイクでアウトドアに出掛けるってのは、監視が最も難しい状況だからね」

「確かに」状況を想像したのか、本多が納得顔になった。「交通量の少ない山道とかを、ずっと追いかけていくわけにはいきませんものね」

「そういうこと」

「じゃあ、彼女さんが一緒にいるかも、わかりませんか」

「うん。でも、家の駐車場には軽自動車も駐めてあったから、もし彼女連れなら車で行くんじゃないかな。彼女もバイク好きじゃなければ」

「なるほど。彼女さんも見ましたか？」

「見た」わたしはタブレット端末で、依頼状を開いた。添えられた写真を指し示す。「神谷祐二の隣に写ってる、黒髪の女の子が、そう。仕事帰りに一緒に食事してたよ。レストランを出て、二人でショットバーに行ってたから、まあ普通に考えてつき合ってる。こども工作教室にも来てたし」

　本多が画面を見る。ストレートの黒髪を肩甲骨くらいまで伸ばしている女性が写っているのを確認した。「美人さんですね」

「同感だね」

「この人の情報は調べましたか？」

「うん。神谷祐二が『のりか』と呼んでた。帰宅するところをつけていったら、清澄白河(きよすみしらかわ)の小さなアパートに帰っていった。郵便受けには『入山(いりやま)』って書いてあったから、『入山のりか』って子だと思う。ちなみにアパートの駐輪場には、それらしいバイクは置いてなかった。今のところ、そこまで」

「清澄白河」本多が記憶を辿る。「半蔵門線の駅でしたっけ」

「そう。住所としては、江東区だったと思う」

「渋谷を挟んで、川崎とは逆方向ですね」

「まあ、住所を調べてからつき合うわけじゃないし。それはともかく、平日でも週末でも、彼女と会う時間は作ってるみたい。こちらは街中(まちなか)だから、監視に困ることはない。実行もね」

「アウトドアを避けて、ですか」

「そういうこと。ペットボトルロケットもアウトドアも、神谷祐二の生活の中では、ほんの一部分に過ぎない。ほとんどが会社との往復で、そこに彼女とのデートが交じるだけ。その彼女も、お姉さんと暮らしている以上、家に連れて帰ることはない。帰宅のタイミングを狙った方が、確実で簡単――」

わたしはそこで話を止めた。

プロの殺し屋として当たり前の発言をしながらも、何かが引っかかった。脳の中で情報同士がぶつかって、そのために思考がうまく流れない感じ。

神谷祐二は、生活のほとんどを、会社との往復や彼女とのデートに費やしている。だから、そこで実行すべきだ。趣味のペットボトルロケットは、見晴らしのよい河川敷で飛ばす。オートバイで行くのがキャンプ場なら、他のキャンパーがたくさんいる。キャンプ場には、隠れられる塀も壁もない。わざわざそんな殺しにくいところを選んで実行する必要はない。当たり前の話だ。

でも何かしっくりこない。無視するなと頭のどこかが言っている。その声の根拠は何だ？――そうか。

「どうかしましたか？」

突然動きを止めたわたしに、本多が心配そうに声をかけてきた。わたしは意識を現実に戻し、目の前の相棒を見た。

「本多くん。ちょっと面倒なことをお願いしてもいい？」

四月に入った日曜日の午後。

神谷祐二はオートバイで山道を下っていた。土曜日の夜をキャンプ地で過ごし、帰宅する最中だ。

ゴールデンウィーク前だからか、他の車両の姿はない。少し曇り気味だけれど、気温は高すぎず低すぎず、オートバイで走るのは気持ちよさそうだ。それほどの急坂でもないし、カーブをひらりひらりと進んでいく。

カーブを曲がったところに交差点がある。ほとんど人が通りそうもない、寂しい交差点。神谷祐二が交差点に進入しようとした瞬間、影が動いた。男性が左の道からひょっこり現れたのだ。神谷祐二から死角になる方の道から。

「！」

神谷祐二が急ブレーキをかけた。後輪がロックして滑ったけれど、なんとか転倒せずにオートバイを止めることができた。男性をはねたりもしていない。

けれど、男性のほんの鼻先を通過していったようだ。驚いた男性が、こちらは転倒した。両手で抱えていた段ボール箱が手から離れて横倒しになった。中に入っていた大量のタマネギが道に転がり出る。

神谷祐二が男性の方を見た。

「だ、大丈夫ですかっ？」

男性も神谷祐二を見た。

「危ないよっ！　ちゃんと前を見ろよっ！」

そう言って、転がったタマネギを拾いはじめた。神谷祐二もスタンドを下ろして、オートバイから降りた。一緒になって転がったタマネギを拾う。

ヘルメットをかぶったままだから、視野が狭くなっている。交通事故を起こしかけたことで動揺しているし、意識は転がったタマネギに集中している。わたしは物陰から出てきて、楽々と神谷祐二の背後に立つことができた。

ナイフで、ヘルメットのすぐ下を薙(な)ぐ。太い血管を断ち切った感触があった。次の瞬間、神谷祐二の首筋から大量の血が流れ出した。タマネギを拾おうとする体勢のまま、うつ伏せに倒れた。よし、これで神谷祐二は確実に死ぬ。

男性——本多はタマネギを拾い終えると、段ボール箱をいったん地面に置いて、神谷祐二のオートバイに近づいた。後輪の泥よけの内側、持ち主も普段見ない場所に手を伸ばす。そこから、四センチメートル四方くらいの板状のものを取り外した。GPS発信器だ。認知症の老人が徘徊して、いなくなったときのためにつけておく品。これがあれば、手持ちのスマートフォンで、神谷祐二の居場所がわかる。だからここで待ち伏せできたのだ。

本多はGPS発信器をポケットに入れると、タマネギが入った段ボール箱を抱えたまま去っていった。離れたところに駐めてあるレンタカーで帰るのだ。仮にレンタカーのことを証言されたとしても、この辺りはタマネギの産地だ。早生種(そうせいしゅ)のタマネギが出てきたから買いに来たのだと説明すれば、納得してもらえるだろう。

わたしは腰につけてあるウエストバッグから、コンビニエンスストアのレジ袋を取り出した。中には、家から遠くにあるお寺から拾ってきた、椿の花が入っている。花は五つある。それを神谷祐二の身体の上に落とした。今日は風があまり吹いていない。警察がやってくるまで、椿の花が飛んでしまうことはないだろう。

依頼はここまでだ。けれどもうひとつだけ、確認しなければならないことがある。あるとすればどこだろう。わたしは流れ出る血液を踏まないように注意しながら、神谷祐二のバックパックに手を伸ばした。手袋をはめた手で、ファスナーを開く。中を見た。

——やはり。

バックパックから、チャック付きのビニール袋が出てきた。透明な袋の中身を確認する。

緑色の草が中に入っていた。

「花の次は、草ですか」

本多がきょとんとして言った。

わたしは、また本多の家を訪れていた。仕事が無事に終わったから、スーパーマーケットで買ってきたオードブルセットとビールで打ち上げするのが、習慣になっているのだ。

「そうだね」

ビールを飲んで、わたしは答える。本多が新聞を取った。実行した日曜日の翌日、月曜日の新聞だ。

「記事には、椿の花のことは、何も書かれてません」

「警察が発表してないってことだね」

「それはつまり」本多が紙面からわたしに視線を戻した。「警察は、重要な手がかりになると考えている。そういうことですか」

そこから鴻池さんが逮捕されるとは思いませんけど――本多はそう続けた。当然だ。わたしはプロの殺し屋なのだから。

「うーん」わたしはいかリングフライを口に入れ、宙を睨んだ。そのままよく嚙んで飲み込む。

「どこから話そうか。元々は、雑な想像で『絵』を描いてたんだけど。それがほぼ正しかったという証拠が出てきて、こっちが驚いている。そんな感じかな」

「『絵』ですか」画家の本多が繰り返す。わたしは宙を睨んだままうなずいた。

「今回の依頼の全体像とでもいおうか。別にそんなことを知らなくても、実行できる。というか、本来はあまり考えちゃいけない。変な予断を持って事に当たると、かえって失敗する危険があるから」

「でも、今度は考えたわけですか」

「そうなんだ。今回の依頼は、変な条件が付いていたとはいえ、依頼自体はそれほど変なものじゃなかった。誰にだって、趣味のひとつやふたつはあるわけだし」

「確かに」今度は本多がうなずいた。「前にも、大道芸が趣味の標的がいましたものね」

「そういうこと。だから趣味のことは気にしないことにした。でも、それとは別に引っかかることがあったんだ」

「なんです？」

「趣味を持った普通の人間に対する、普通の依頼。そのはずなのに、それを疑わせる話を聞いたのを思い出した。神谷祐二のお姉さんが言った言葉。『変なことして、彼女をがっかりさせちゃダメだよ』って」

わたしは目の前の相棒を見た。

「何の前情報もなくこの言葉を聞いたら、本多くんならどう思う？　変なことって」

「浮気でしょうね」本多は即答した。「むしろ、他に考えられない」

「だよね」予想どおりの答えに満足して、わたしは同意した。

「神谷祐二も、そう考えるはず。それなのに神谷祐二は、『会社の金をちょろまかしたりしてないよ』って、的外れな答えをした。どうして神谷祐二はそんなふうに答えたんだろう。どうして浮気の話と思わなかったんだろう」

本多が缶ビールを傾ける手を止めた。

「疾（やま）しいところがあったからですか」

「そうだと思う。でもそれだけじゃない。聞いたお姉さんの反応も変。浮気の話をしたつもりだったのに、業務上横領という答えが返ってきた。普通なら、浮気のことだと訂正するでしょう。それなのにお姉さんは話が物騒だと言っただけで、訂正していない。つまり、お姉さんも実は浮気の話をしていなかった」

「……何です?」

「浮気じゃなくて、業務上横領に近い種類の話をしていた。つまり犯罪。お姉さんは、弟が犯罪に手を染めている、あるいは手を染めようとしていることを知ってたんじゃないか。そう思った。もちろん、弟は姉にそんな話をしてないし、姉も気づいていることはおくびにも出していない。そんなふうにして、あの姉弟は暮らしていた」

本多がビールを飲んだ。息をつき、頭を整理する。

「もし弟が犯罪者となれば、お姉さんは困りますよね。何しろ、婚約者との結婚が控えている。直前で弟が逮捕されたりしたら、犯罪の内容にもよりますけど、婚約破棄される可能性は非常に高い。婚約者本人はそう考えなくても、婚約者の親や親戚は猛反対するでしょう。それを押し切って結婚しても、幸せになれる保証はない」

「仕事もね。どんな仕事をしているのかは調べてないけど、普通の会社勤めだったら、職場にいづらくなるのは間違いない。お姉さんとしては、弟の犯罪は、どうしても止める必要があった」

本多の表情が険しくなった。

「でも、止め方が難しいですよね。それこそ業務上横領レベルならともかく、もっとひどい犯罪だったなら、やぶ蛇になりかねません。止めようとするってことは、相手の犯罪を知っていることを告白することです。いくら血を分けた姉でも、神谷祐二がどんな行動に出るか、わかりません――そうか」

本多は一度息を吸い、ゆっくりと吐いた。

「依頼人は、お姉さんですか……」

わたしは首肯して、ビールを飲む。同じように息を吐く。

「その可能性があると思った。そうなってくると、依頼につけられた条件が意味を持ってくる。条件はふたつあったよね。ひとつは六月までという期間。もうひとつは椿の花を添えること。この前、どうして七月になるまでに実行してほしいのか、あれこれ話したよね。そこに出てきたバカ話」

息を吐いた本多が、今度は急に息を吸った。ヒュッという音が聞こえた。

「まさか、参議院選挙？」

わたしは力なく笑う。

「本当に、バカな想像だよ。でも万が一、神谷祐二が選挙に絡んだ犯罪を計画していたら、実行される前に死んでもらうという期間設定が発生する。もちろんそれは、公職選挙法違反なんていう、ちゃちな犯罪じゃない。彼は、武器を持っていた」

「ペットボトルロケット、ですか」

本多が答えを言った。

「選挙運動が始まると、立候補者はもちろん、党の重鎮や大臣が応援に駆けつけます。そして多くの人が見守る壇上に立ちます。そこを狙うっていうんですか?」

説明しながらも、本多は訝しげな顔をする。

「でも現実的に、ペットボトルロケットが武器として役に立ちますかね。先端に釘とか針とかを仕込んだにしても、極端な話、爆発物を仕込んでいたとしても、しょせんはペットボトルロケットのスピードです。銃弾じゃありません。近くにいるSPが食い止めるでしょう。確か、SPは防御板みたいなものを持っているはずですから」

「そうだね」わたしはあっさり肯定した。「ペットボトルロケットをぶつけるつもりならね」

声の響きが怖かったからだろうか。本多の顔が強張った。「何です?」

「わたしはこども工作教室にも行って、ペットボトルロケットが実際に飛ぶのを見た。本多くんも知り合いが作った話を聞いたんだよね。ペットボトルロケットは、水と圧縮空気で飛ぶ。だから、飛ぶときはノズルから水しぶきを上げる。その下にいる人には、その水しぶきが降りかかる。じゃあ、ただの水じゃなければ?」

本多はすぐに返事をしなかった。二回ほど口をパクパクと動かしてから、言葉を発した。

「ペットボトルロケットを相手に当てるんじゃなくて、上を飛ばすってことですか。それなら、それほど精密な制御は要らない。多少逸れても、水しぶきは広範囲に降りかかる。水に毒物でも入れておけば、狙った相手の身体に付着することは十分期待できる。水しぶきだから、吸うことも。ＳＰには防げない」

「党の幹部や大臣なんて、おじいちゃんおばあちゃんばかりだからね。抵抗力が弱くなってるから、それで死ぬか再起不能になることは、十分に考えられる」

そこまで聞いたところで、本多の表情が戻った。この先の展開を予想できたのだろう。

「それで、草ですか」本多はわたしの目を見て、続けた。「何の草だったんですか？」

「トリカブト」

沈黙が落ちた。二人ともしばらくの間、オードブルを食べ、ビールを飲んだ。缶ビールが空になり、本多が冷蔵庫から新しい缶ビールを取りだして手渡してくれた。わたしは礼を言って受け取る。最近、この家で飲むビールの量が増えた気がする。それがいいことなのか悪いことなのか、わからない。

二本目のビールを開栓して、わたしは口を開いた。

「最近は兵器の造り方をネットで調べられるから、組織に属さない一匹狼（ローンウルフ）型のテロ事件が増えてきた。神谷祐二も、自分の持っているペットボトルロケットという道具をどうやって兵器に仕立てようか考えて、水に毒を混ぜることを思いついた。その毒の入手方法をネットで調べた。トリカブトの見つけ方と、そこから毒素をどうやって抽出するか」

「それに、お姉さんが気づいたってことですか」本多が後を引き取る。「本人がいないときに、何か借りようと部屋に入ったら、毒物の造り方を調べた形跡があった。加えて今までなかった政治に関する陰謀本とかが出てきたら、弟がやろうとしていることは想像できる。日に日にそういった痕跡が増えてきたら、姉である自分が窮地に立たされることを、認めざるを得ない」

わたしもうなずく。

「しかも、神谷祐二は実際にやっていた。チャック付きビニール袋にトリカブトを入れていた。間違いのない実行には入念な準備が必要だから、本当にトリカブトからテロに使える毒素を抽出できるのか、事前に実験しなければならない。あの日も、その材料を調達しに行っていた。普通は、依頼に関する仮説は、想像の範囲を出ない。まあ、打ち上げの肴になる程度の与太話だよね。でも今回は、珍しく動かぬ証拠が出てきた」

「動かぬ証拠」本多がため息をつく。「そうでしょうね。それで、鴻池さんはトリカブトをどうしたんですか？　隠してくれという依頼はありませんでしたけど」

「捨てたよ」わたしは答えた。「近くだと、警察が大捜索して見つけるだろうから、ずっと離れた山に行って、埋めた」

「どうして、そこまでやってあげたんですか？」

「顧客満足度を上げるためだよ」それがわたしの答えだった。「想像が当たっていて、お姉さんが依頼人だったとする。依頼の目的は、弟に犯罪を犯させないことだけじゃないよね。弟がテロを計画していたことを知られないことも必要。あのままトリカブトを放置することもできたよ。でもそうしたら、警察が見つける。トリカブトを選んで集めるやつが、まともな奴であるはずがない。警察は殺人事件の捜査をしながら、同時並行で神谷祐二自身に対しても突っ込んだ捜査をすることになる。むしろこちらの方が、警察にとっては重要かもしれない。部屋にある証拠はお姉さんが処分したとしても、パソコンの検索履歴とかを辿ると、弟の計画がばれてしまう。それじゃ意味がないんだよ。神谷祐二は、ただのかわいそうな被害者でなくちゃいけない。だから、警察が神谷祐二を探るきっかけを消した。そういうこと」

「プロですね」

褒めているのか、からかっているのか、わからないコメントだ。

「鴻池さんは、神谷祐二からトリカブトを奪って、代わりに椿の花を添えました。そっちの方が、本来の依頼です。あれはいったい、何だったんでしょうね」

「正直いって、わからない」

わたしは簡単に答え、本多が目をぱちくりさせた。

「でも、想像してることはある。こっちは、証拠がないけどね。関係しているのは、たぶん彼女さん」

「彼女ですか」よくわからない、といった口調。「神谷祐二がテロ事件を起こして逮捕されたら、彼女だって困るでしょうに」

「知らなかったらね」

「………」

「彼女が、神谷祐二に対して嘘をついているように感じたんだ」

「嘘、ですか」

「そう。神谷祐二はお姉さんに対してこう言っていた。『親と同居らしいから、さすがに行けない』って。でも、わたしが尾行したところでは、彼女は小さなアパートに帰っていった。小さなアパートに、家族で肌寄せ合って暮らしているのかもしれないけど、そうじゃない可能性もあると思った。仮に一人暮らしの彼女が、神谷祐二に対して『親と暮らしている』なんて嘘を言ったとすると、その理由は何だろう。家に来てほしくないってことだよね。『入山のりか』っていう本名はさすがにごまかせないとして、家に来られると、自分の素性がわかってしまうから」

本多が唾を飲み込んだ。わたしが何を言いたいのか、わかったのだろう。

「彼女が、神谷祐二をそそのかした……？」

「ひょっとしたら、お姉さんは考えたのかもね。弟がおかしくなったのは、今の彼女とつき合い始めてからだ。じゃあ、弟が準備しているテロ計画も、彼女がそそのかしたんじゃないか。おそらくは、追い詰められた精神状態が生み出した、妄想に近い。そこで出てくるのが椿。正確に言うと『椿姫』」

本多がゆるゆると首を振った。

「警察に対するメッセージですか。『恋人を疑え』と」

「彼女が殺したわけじゃないから、殺人事件については容疑者から外される。でもそこに至るまでの内偵で、彼女の正体を警察がつかむ可能性がある。お姉さんは、オプションの五十万円で、弟の復讐をするきっかけを作った。その可能性はある」

わたしは二本目のビールを飲み干した。

「まあ、これは想像だし、どうでもいいことだけどね」

＊＊＊

六月末になって、警視庁はテロ等準備罪で複数の男女を逮捕したと発表した。七月の参議院選挙で、大規模なテロ事件を計画していた容疑とのことだ。

逮捕者の中に「入山紀華（のりか）」という名前があったけれど、それが神谷祐二の恋人と同一人物なのか、わたしにはわからなかった。

夏休みの殺し屋

第一章　富澤允の標的

高級住宅地というのは、ちょっと難しい。

僕自身が不慣れというのは当然のこととして、大きな邸宅に自動車で出入りする傾向が強いから、なかなか狙いづらい。

しかも渋谷区広尾(ひろお)というこの界隈は、大使館がいくつもある。おかげで、警備の警察官の姿もよく見かけるのだ。邸宅のほとんどに防犯カメラが設置されていることもあり、行動を起こすには不向きなエリアだといえる。

けれど坂木棗(さかきなつめ)は、公共交通機関も利用してくれているようだ。

最寄りの広尾駅から地下鉄に乗ってわずか三分間で、恵比寿(えびす)に行ける。恵比寿もまた、富裕層が好んで買い物する場所だ。これほど近いのに、わざわざ自動車で乗り入れて駐車場の確保に苦労するくらいなら、地下鉄に乗った方がいい。いくら富裕層でも、そう考えるだろう。

この日も坂木棗は恵比寿に出向き、高級食材を扱っているスーパーマーケットで和牛やチーズを購入して、広尾に戻ってきた。

坂木棗は、四十代半ばか、それより少し上に見える。けれどやつれた感じがするから、実際にはもっと若いのかもしれない。服装に関しては――僕自身が高級ブランドに縁がないからわからないけれど――おそらく高級品を着ているのだろうと想像するだけだ。ただ、ハンドバッグが高級ブランドなのは、ロゴが有名だから確認できた。

坂木棗は、駅から自宅に向かっている。けれど尾行できるのは、途中までだ。最近は強盗事件なども増えてきたから、部外者が高級住宅街の奥まで入っていくと、強盗の下見に来たのかと疑われかねない。今日はラフな恰好をしてきており、近くの有栖川宮記念公園に散策に来たふうを装っている。公園の方に向かう交差点でお別れだ。

高級住宅街に住む富裕層。確かにそうなのだけれど、高級住宅街に住む富裕層であること以外、特に特徴のない人物だともいえる。

命を狙われていることを除けば。

＊＊＊

「依頼が来たぞ」

事務所に入るなり、塚原俊介が言った。

僕は彼に応接セットのソファを勧めた。約束の時間に合わせて淹れておいたコーヒーをカップに注いで、旧友の前に置く。「どんな奴だ？」

塚原はバッグからシステム手帳を取り出した。ページを開く。

塚原のシステム手帳はルーズリーフ式になっていて、不要になったページを外せるようになっている。普通のノートのページを破るのと違って、そこにページがあったことがわからない。証拠隠滅には便利な手帳だ。

「坂木棗。広尾に住んでいる」

塚原は、システム手帳のポケットから、一葉の写真を取り出した。「こいつだ」

僕は写真を受け取った。

被写体がカメラの方を見ていないから、隠し撮りであることがわかる。

中年女性だ。細身で、顔だちは美人といっていいだろう。やや明るい茶色の髪を、後ろでまとめていた。

ただ、やつれた印象を受ける。表情も冴えない。撮られたときに、体調が悪かったのかもしれない。

写真の人物は、眼鏡をかけていた。銀縁眼鏡の左右から細いチェーンが垂れ下がっている。本来は眼鏡の脱落防止が目的なのだろうけれど、この場合はアクセサリーだ。チェーンに宝石があしらわれているのが見えた。

写真を裏返す。手書きで氏名と東京都渋谷区広尾の住所が書かれてあった。名前の「なつめ」は、漢字で書くようだ。あまり書く機会のない漢字だと思うけれど、依頼人は特にバランスを崩すことなく、読みやすく書いてくれていた。

誰かが、坂木棗という人物が死亡することを望んでいる。

僕は「富澤允経営研究所」という看板を掲げた経営コンサルタントだ。それはそれでちゃんとやっているし、結果も残していると思う。ただ、隠れた副業を持っている。それが殺し屋だ。

旧友の塚原に連絡係をしてもらっていて、彼から来た依頼を受ける、というのが仕事の流れだ。今日もまた、塚原が仕事を持ってきてくれたというわけだ。

僕は写真から塚原に視線を移した。「オプションは？」

殺害の依頼には、特別な条件がつく場合がある。できるだけ早く殺してほしいとか、殺人に見えないようにしてほしいとか。場所や殺害方法に注文がついたりもする。それがオプションだ。

オプションについては、標的の状況等から受けられるものは、別料金をもらって引き受ける。どう考えても無理な注文や、できるけれど逮捕のリスクが高くなるような注文だと、受けられない。連絡係を通じてそう回答し、オプション抜きでの殺害に同意するか、依頼自体を取り下げるかを、依頼人に決めてもらう。

「ある」塚原はシステム手帳に視線を落とした。「といっても、オプション料金が発生する内容じゃない。八月中に実行してほしいとのことだ」

「八月中」僕は壁に掛けてあるカレンダーを見た。今日は八月五日だ。月末まで、三週間とちょっとの猶予がある。

「ということは、特に急かされないってことか」

オプションの中で「できるだけ急いで」という希望は、わりとある。僕は依頼を受けてから、原則として二週間以内に実行することにしている。その二週間を待てない依頼人が、けっこう多いのだ。今回の依頼はそれより〆切が遅いから、塚原の言うとおりオプション料金はかからない。

塚原がシステム手帳から視線を外した。

「伊勢殿から聞いたところだと、依頼人が『夏休み』と独り言を言ったのが聞こえたらしい。だから夏休みが影響してるのかもしれないな」

伊勢殿とは、もう一人の連絡係のことだ。伊勢殿は依頼人を担当していて、依頼人から直接話を聞く。伊勢殿が依頼内容を、殺し屋担当の連絡係である塚原に伝えて、塚原が僕に依頼内容を話してくれる。こんなふうに、依頼人と殺し屋を完全に分ける仕組みのおかげで、どちらも安心してビジネスができるわけだ。

「夏休みだろうが何だろうが、八月中という条件さえ聞けば十分だ。正直いって、助かるよ。今週末からお盆休みだ。標的がいつもと違う行動を取る可能性が高いから、二週間と言われると難しいところだった」

僕がそう答えると、塚原がコーヒーを飲んで、訊いてきた。

「どうする？　受けるか？」

僕もコーヒーを飲んだ。コーヒー豆は全国チェーンのコーヒーショップで買ってきたもので、こだわりの自家焙煎豆というわけではない。淹れるのも普通のコーヒーメーカーだ。それでも十分おいしいと思うし、塚原も恋人の岩井雪奈も、おいしそうに飲んでくれる。

「写真の人物が本当に坂木棗で、この住所に住んでいたら受けるよ」

いつもの質問に、いつもの答え。塚原がうなずいた。

「わかった。確認には、三日必要か？」

依頼が来たら、依頼を引き受けるかどうか、三日以内に回答するようにしている。実際には、本人確認だけだと、それほど時間はかからない。けれど僕は首肯した。

「うん。広尾といえば、高級住宅街だ。高級住宅街での確認は、慎重にやった方がいい」

「オッケー」塚原がコーヒーを飲み干した。立ち上がる。

「じゃあ、三日後にまた来るよ」

三日後。宣言どおり、塚原がやってきた。

「おや、雪奈ちゃん」

塚原が、ソファに座る雪奈を見て言った。

「塚原さん、お疲れさま」

マンガ家である彼女は、飯田橋にある出版社に出向いて、編集長に連載終了の挨拶をしてきたそうだ。それから担当編集者と、新連載の打ち合わせをしたのだという。その帰りがけに、事務所に寄ってくれたわけだ。

マンガ家のところに編集者が訪ねるのが一般的なのかもしれないけれど、僕がよく「クライアントのところには、自分から足を運んだ方がいい」と言っているから、雪奈は出版社に出向くようにしているらしい。経営コンサルタントとしては、いいことだと思う。

僕が殺し屋だということを知っているのは、連絡係の塚原と、恋人の雪奈しかいない。だから依頼の話をするときに雪奈が同席していても、塚原は気にしない。それどころか、依頼について議論の相手になってくれるから、むしろ歓迎しているようだ。何しろ肝心の僕が、依頼に関する議論にまったく興味がないのだから。

「どうする？」

ソファに座って、塚原が訊いてきた。コーヒーを出さずに、僕は答える。

「受けるよ。この写真の人が、書かれている住所に住んでることは確認できた。買い物でクレジットカードを出してるところを盗撮して拡大してみたら、『ＮＡＴＳＵＭＥ　ＳＡＫＡＫＩ』とあった。本人確認ができたから、実行は問題ない」

一般的なカメラやスマートフォンだと、撮影時にシャッター音が鳴るようになっている。盗撮に悪用できないようにしているわけだ。けれど外見はカメラに見えず、シャッター音がしないカメラが、世の中には存在している。まさしく盗撮用で、実はわりと簡単に入手できるのだ。おかげで、便利に使わせてもらっている。

塚原が「わかった」と答えた。その顔を僕は凝視した。いつもと響きが違っていたからだ。

案の定、塚原は笑いを堪えているような表情をしていた。

「実はな。伊勢殿から、また依頼があったんだ」

そう言いながら、塚原はシステム手帳のポケットに手を入れて、写真を取り出した。

「標的は、こいつだ」

「…………」

僕はすぐに返事ができなかった。塚原が取り出した写真の人物に、見覚えがあるからだ。

整った顔だち。

後ろにまとめた茶髪。

眼鏡から垂れ下がる、宝石付きのチェーン。

やつれた雰囲気。

塚原が名前を言った。

「標的は坂木棗。広尾に住んでいるそうだ」

塚原は、はっきりとした笑みを浮かべた。「どうする？　受けるか？」

僕はソファの背もたれに身体を預けた。「オプションは？」

「八月末までに、ということらしい」

三日前と同じことを答えた。

「そうか」僕も笑みを浮かべた。もっとも、苦笑に近い。「この写真の人物が坂木棗で、広尾の住所に住んでいることはわかっているから、受けるよ」

僕は立ち上がって、キッチンスペースに向かった。雪奈にも手伝ってもらって、缶ビールを三本とビーフジャーキーの袋と皿を持って戻ってくる。依頼を受けたら、ビールとビーフジャーキーで、ささやかな決起集会をすることになっているのだ。

「こんなことがあるんだね」

ビールをひと口飲んで、雪奈が感心したようにコメントした。対面に座る塚原を見る。

「聞いたらルール違反なんだろうけど、依頼人は別の人なの？」

「それは、聞いていない。ルール違反になるから」塚原が缶ビールを持っていない方の手を振った。「でも違う写真だし、裏の筆跡も違う。同じ人間が同じ相手に対して、二度依頼をかけるとも思えない」

「認知症のおじいちゃんでもなければね」

「伊勢殿と話をしているかぎり、それもないと思う。もし同じ依頼人だったら、伊勢殿が依頼人に確認するだろう。認知症だったら、依頼したことを忘れてしまって、支払いとかでトラブルが生じて困るわけだし」

「うーん」雪奈は、缶ビールをテーブルに戻して、腕組みした。「リスクヘッジのために、二人の殺し屋に同じ依頼をするのならわかるんだけど、同じ殺し屋じゃあね。別の依頼人で間違いないと思う」

「珍しいというか、はじめてのケースだ」

僕はビーフジャーキーを飲み込んだ。「ひとつの仕事で、二人の依頼人から報酬をもらうことになる。まさかこんなことがあるとは思わないから、こんなときにどうするか、決めてない」

僕は人差し指で頰をかいた。

「でもまあ、両方からもらった方がいいんだろうな。後の方の依頼人には、ちょっと申し訳ない気持ちはあるけど」

「それでいいと思うぞ」塚原が言った。「どちらの依頼も、受けてから仕事をするんだ。きちんと報酬はもらうべきだ。後の方の依頼を受けたときに、もう仕事を済ませた後だったら、さすがに詐欺になる気がする」

「それでいいと思うけど」雪奈が難しい顔をした。「気になるのは、オプションだね。どちらも、八月中の実行を希望してる。これって、同じ理由で坂木棗を殺そうとしてるのかな」

「そうとも限らない」僕は答えた。「依頼人の方じゃなくて、坂木棗の方に理由があるのかもしれない。たとえば、九月になったら遠くに引っ越してしまうとか。だったら依頼の理由が全然別だったとしても、期限は同じになる」

「いや、それはどうかな」塚原が、すかさず言った。「依頼人の一人は、『夏休み』って言ってたらしい。坂木棗に夏休みは関係ないだろう」

「実は本人が大学生なのかもしれないよ」

雪奈の反論に、塚原が虚を突かれたようにのけぞる。

「確かに、あり得なくはないか。日本だと、十八歳から二十代前半くらいまでが大学生だと思いがちだけど」

塚原は、区役所で高齢者の生涯学習を担当しているという。中年で大学に入るというのも、彼にとっては納得しやすい仮説だろう。

けれど雪奈は、自分から言っておきながら、首を振った。

「といっても、より現実的なのは、子供の夏休みだろうね」

そう言って僕の方を見た。

「坂木棗は、子供がいるの？」

「確認できていない」僕は答える。「身元確認の三日間でわかったのは、夫らしい男性が出入りしていることだ。家のガレージから車を出して、やっぱり車で帰ってきてガレージに車を入れているから、夫と考えて間違いないだろう。見かけたのは、その人だけだ。子供らしい人影はなかった」

「ふむ」塚原が自らの顎をつまんだ。「子供がいたとしても、夏休み期間だ。おじいちゃんの家に行っているとか、旅行とか部活の合宿とかで不在の可能性もあるな」

「そうかもしれないけど、現在のところ、確認できていない」

僕は同じことを言った。想像で動いては、いけない仕事だ。

「僕にとって大切なのは、坂木棗が人目のないところで、一人きりになるタイミングがあるかどうかだ。夫がいようが、子供がいようが、関係ない」

塚原が鼻から息を吐いた。「相変わらず、素っ気ない奴だな」

別に期待を持たせるわけではないけれど、僕は言葉を足した。

「もっとも、夫や子供の存在が坂木棗の行動に大きな影響をもたらすようなら、考慮しなけりゃいけない。まだ時間はあるから、じっくり観察するよ」

「そりゃ、そうだね」雪奈が笑う。「いざ殺そうと近づいたら、ひょっこり子供が現れたなんてことになったら、目も当てられない」

「まあ、それより」僕はビールを飲み干した。「ひとつの仕事で倍の報酬をもらえるんだ。高収入の仕事で気持ちがハイになって、つまらないミスを犯すことが心配だよ」

第二章　鴻池知栄の標的

　玄関から久我世理香が姿を現した。黒いリュックを背負って、路上に出る。続いて、母親らしき女性も出てくる。二人並んで歩きだした。

　高級住宅街は、尾行が難しい。左右を大きな家に囲まれているから、死角になるような場所が多くないのだ。大きい家には、防犯カメラも設置されているし。しかも渋谷区松濤と呼ばれるこのエリアは、道が狭いうえに入り組んでいる。ずっと同じ道を追っていくと、尾行しているのが丸わかりになりかねない。

　それでも、何回か監視しているうちに、どこに行こうとしているのかはわかってきた。二、三百メートル歩いたところに、京王井の頭線の神泉駅がある。そこからわずかひと駅先の、渋谷にある進学塾に通っているのだ。自宅から渋谷まで直接歩ける距離ではあるものの、繁華街を通ることになる。安全上も風紀上も、ひと駅分ではあるものの電車を使うのは、理解できた。

　夏休みの間も、気を抜くことなく学習塾に通うのは、今どきは仕方がない。まだ高校二年生だから本格的に受験生モードには入っていないだろうけれど、受験難易度の高い大学に進学しようと思ったら、当然のことなのかもしれない。二年後の娘が、こんな感じになるのだろう。

母子と同じ電車に乗って渋谷駅に向かう。夏休みの渋谷は若者でごった返しているから、尾行しても気づかれることはない。見失わないよう注意しながらついていく。駅舎を出て数分歩いたところにあるビルに到着した。大学受験に強い、大手進学塾だ。

「じゃあ、がんばってらっしゃい」

「うん」

久我世理香がビルに入っていくのを、母親が見送る。きびすを返して、渋谷駅に向かう。何回か監視したところでは、母親はいったん自宅に戻る。そして塾が終わる頃に、また迎えに来るのだ。

まったく、小学生じゃあるまいし。

わたしは心の中で嘆息した。

どうして高校二年生に、母親がずっと付き添っているのだろう。

＊　＊　＊

「依頼ですか」

紅茶を出してくれながら、本多元が言った。礼を言いながら、わたしはバッグからタブレット端末を取り出した。家のＷｉ－Ｆｉ環境を使わせてもらって、画面を操作する。注文内容を表示させる。

「うん。ただね、ちょっと変わった依頼なんだ」

画面を本多に向けてテーブルに置く。どれどれと言いながら、本多が画面を覗き込んだ。

「久我世理香。住所は渋谷区松濤ですか。渋谷駅に近い、高級住宅街だ」

さすが物知りだ。「松濤」という地名を初見で読んだ。正直いって、わたしは読めなかった。

「まあ、住んでる人が全員富裕層ってわけじゃないとは思いますけど。えっと、ああ、学校名が書いてありますね。駒場聖峯女子高等学校」

「恵比寿の方にある、中高一貫の女子校だよ」わたしが補足した。「いわゆるお嬢様学校。東大への合格者数を競ってる学校じゃなくて、富裕層の娘さんたちを上品に育てるって学校だね」

「よく知ってますね」

「娘が中学受験するときに、一応志望校のリストに入れてたんだ」

実は滑り止めとしてリストアップしていたのだけれど、ここで自慢気に話すことではない。

「歴史ある校舎は荘厳だし、制服も可愛らしい。オープンスクールにも行ったけど、生徒さんたちの印象も、とてもよかった。ただ、学費がめちゃくちゃ高いから、そこに進学しなくてホッとしたけどね」

紅茶が少し冷めたから、ひと口飲む。荒っぽい苦みなどがないから、質が高いことはわかる。ただ、前回よりも、味が濃いように感じられた。

わたしの顔を見て察したか、本多が説明してくれた。

「今まではダージリンだったんですけど、今回はアッサムにしてみました。ストレートで飲むにはちょっと濃すぎるんで、次はダージリンに戻すか、ミルクティーに仕立ててみます」

いくら未亡人とはいえ、紅茶の違いがわかるほど男性の家に入り浸るのはどうかと思うけれど、まあ仕事だから仕方がない。

本多がまた画面に視線を落とした。

「写真も、制服を着てますね。この制服ですか」

依頼には、標的の写真を添付してもらっている。標的を間違えてはいけないから、本人確認のためだ。

写真は、依頼によくある隠し撮りといった感じではない。レンズが目線を捉えている。かといって証明写真のように、単独でまっすぐにこちらを見ているわけでもなさそうだ。背景や左右にも制服が写り込んでいるところから、集合写真からこの人物の部分だけを切り取って拡大したものだろう。

「そう。セーラー服で、確か中学と高校でスカーフの色が違うんじゃなかったかな。写真は緑だから、高校で間違いない」

写真の人物は、黒髪をツインテールにしていた。駒場聖峯のようなお嬢様学校が、髪を染めるなんて許すはずがない。眼鏡はかけておらず、くりくりとした瞳が印象的だ。彼女が属しているのは女子だけの環境だけれど、男子が見たら反射的に「可愛い」と思うだろう。

「標的は高校生ですか」本多が天を仰いだ。「女子高生を殺したがる奴がいるなんて、世も末だ」

「女子大生なら、殺したことあるけどね」

わたしが言い、本多も「そうでした」と苦笑した。

わたし——鴻池知栄は、インターネット通信販売業を営んでいる零細業者だ。とはいえ、芸術作品やアイデアグッズを得意としていて、それなりに繁盛している。数多くの人に安く売るのではなく、目の肥えた少数の顧客に利益率の高い商品を売るタイプの商売だ。

そんな通信販売業の中で、ときどきちょっと変わった商品の注文が入ることがある。販売価格五百五十万円の「幸運を呼ぶアクセサリー」が、それだ。この注文は、殺人の依頼を意味している。わたしは、副業で殺し屋をやっているのだ。

画家兼翻訳家の本多は、ちょっとしたきっかけから、殺し屋稼業の手伝いをしてくれている。だから依頼があると、彼の家を訪れることが多い。

本多が不思議そうな顔をこちらに向ける。

「確かに、女子高生が標的というのは、今までになかったですね。とはいえ依頼自体は、それほど変わっているわけでもないと思いますけど」

「これだけならね」わたしはタブレット端末を指さした。「画面をスクロールしてみて」

本多が言われたとおりに画面を指先で撫でて、画面をスクロールさせた。その動きが止まる。目を大きくして、こちらを見た。

「篠宮真知（しのみやまち）。東京都大田区——」

わたしはうなずく。

「標的は、もう一人いるってこと。しかも、それだけじゃない」

本多が標的の情報を読み上げた。

「駒場聖峯女子高等学校勤務、ですか」

「調べてみたら、校長だった。六十二歳だったかな」

こちらの写真も、被写体がレンズの方を見ている。ただ、高校生の写真と違って、集合写真から切り抜いているわけではない。単独の写真だ。

女子校の校長だからといって、女性とは限らない。けれど篠宮真知は女性だった。六十二歳といわれて納得できる外見だ。白髪染めを使っているのか、真っ黒な髪は耳が出るくらい短く調えられている。眼鏡をかけていない目が、柔和な光を放っていた。

本多がふうっと息をついた。紅茶を飲む。わたしはお茶請けとして出してくれたマカロンをいただく。サクッした食感が心地よかった。

「同じ高校の生徒と校長を殺してほしいってことですか。確かに、珍しい依頼だ」

また視線を画面に戻す。「条件は、何かついてるかな」

本多が画面の下端に視線をやる。そこに書かれてある内容を読み上げた。

「まず久我世理香を、続いて篠宮真知の順番でお願いします。あまり間を空けないでください」

彼がタブレット端末から、わたしに視線を戻した。「僕のところに来てくれたってことは、依頼を受けるんですか？」

「うん」わたしは高校生の写真を指さす。「この住所に久我って家があって、写真の女の子が出入りしているのを確認できた。豪邸っていうほどじゃなくても、立派な一軒家だったよ。名前も、世理香で間違いない」

今度は、年長の女性の写真を画面に表示した。「こっちは、高校のサイトで名乗って、しかも顔出ししてるからね。本人確認は簡単だった。そもそも――」

わたしはスマートフォンを取り出して、駒場聖峯女子高等学校のサイトを開いた。「校長あいさつ」というページに移動する。篠宮真知校長が大きく写っていた。わたしはスマートフォンを、タブレット端末の横に置いた。「同じでしょ？」

サイトの写真と、依頼状についてきた写真は、まったく同じだった。

「なるほど。このサイトから取ってきた画像なんですね」

顔をオープンにしている人だと、隠し撮りする必要がないんですね――本多が感心したように付け足した。

「というわけで、写真の人物が、駒場聖峯女子高等学校の篠宮真知校長なのは確定。大田区の住所も合ってたよ。依頼の内容に間違いはなかったから、受けるよ」

本多が視線を壁に向けた。カレンダーが掛けてある。「今日は八月八日。通常どおり一カ月以内に実行するのなら、学校は二学期に入ってますね。夏休みでも、校長は出勤することは多いでしょうけど、生徒の方はちょっと面倒ですね」

よくわかっている。

「そう。家と学校を往復していてくれた方が、行動パターンが読めるからやりやすい。夏休みだと、どんな生活パターンなのかが把握しづらいんだよね。まあ、もう少し監視して、方法を決めるよ。夏休み中にチャンスがなければ、二学期に入ってからでもいいわけだし」

そうですねと言いながら、本多は難しい顔をした。「依頼には『あまり間を空けないでください』とあります。依頼人の言う『間』って、どのくらいを指すんでしょうね」

「わからないね」わたしも意識的に難しい顔を向けた。「一年、二年ってことはないよね。かといって、数時間というのはほぼ連続だから、間を空けるって感じじゃない。まあ、二、三日以内だったら、許してくれるでしょう」

本多が難しい顔を緩める。

「そうは言っても、二、三日も空ける気はないんでしょう？　できれば同じ日に実行したいはずです」

「よくわかるね」

「依頼人が、どうして久我世理香と篠宮真知を殺したいのか。その理由はともかくとして、同時に依頼をかけるんだから、同じか関連した理由なんでしょう。もし標的たちに心当たりがあったとしたら、久我世理香を殺害した時点で、篠宮真知は警戒するはずです。殺しにくくなりますから」

わたしは笑みを向ける。「いい相棒を持って、わたしは幸せだよ」

「ということは、二人の標的を同じ日に殺害できるタイミングを計るのは、厄介(やっかい)そうですね。いつもの二乗ぶんの手間がいる」

「そういうこと。でも、そのくらいはやるよ。二人分の仕事が来たわけだし、篠宮真知の方は期限設定のアレンジが付いて、さらに五十万円もらえるんだから」

わたしは紅茶を飲み干した。

「まだ時間はあるから、二人を観察してみるよ。そのうえで助けが必要になったら、また声をかけるね」

本多が笑顔を見せた。

「いつでもどうぞ」

第三章　背景

「何度も申し上げますけど」

女性が小さな声で言った。「新しくお話しできることは、何もないんです」

原宿駅から、少し歩いたところにある喫茶店。時刻はもう夜八時を過ぎている。そんな時間帯に、坂木棗は女性と向き合っていた。

坂木棗よりは若い。三十代はじめくらいに見える。

色白で細い。黒髪は、かろうじて耳が隠れる程度に短くしている。坂木棗もやつれているけれど、女性の方はもっとひどかった。やつれているどころか、憔悴（しょうすい）している、という表現がぴったりだ。

「はっきりしたことでなくても、かまいません」

坂木棗が低い声で言った。「たとえ正確な話じゃなくても、先生を責める気は一切ありませんから」

坂木棗は、別に目の前の女性を脅しているわけではないのだろう。けれど低くした声は、ドスを利かせたように感じられる。女性の顔が強張った。

先生と呼ばれた女性が、うつむき加減で口を開く。

「備品を入れた倉庫に鍵をかけていなかったのは、学校側の落ち度です」

謝罪とも受け取れる科白に、坂木棗は無反応だった。

「化学準備室については、お嬢さんが化学部に在籍されていましたから、顧問が鍵を貸しました。それについては、部の慣例ということでした。準備室に生徒が出入りするときには、顧問が常に立ち会うようにするべきだったかもしれません」

また無反応。

「ですから、あの一件以降、生徒だけで準備室に行くことのないよう、指導しています」

「後のことはいいです」かぶせるように、坂木棗が言った。「関係ありませんから。それに、その話はもう何度も聞きました」坂木棗が言った。「わたしが気にしているのは、あのときのことです」

「ですから、それも、もう何度も申し上げました」

女性が顔を上げた。「同じことを繰り返しても、意味がありませんよ」

「そう。意味がありません」坂木棗の声には、抑揚がなかった。「同じことを繰り返しているだけでは」

聞く者をぞくりとさせる、不吉な響き。事実、女性は震えを止めるように、自らの身体を抱きしめた。

「先生」坂木棗がハンカチを取り出して、目元を拭った。「娘は、このまま永遠に傷つけられ続けるんでしょうか」

「………」

女性が返答に詰まった。一度息を吸ってから、口を開いた。

「いえ、誰も傷つけてなんて――」

「傷つけてるでしょっ！」

途端に坂木棗が大声を出した。周辺の客が、一斉に坂木棗のテーブルを見る。坂木棗は気づいていないように無反応だ。恐縮したのは女性の方だ。背中を丸めて縮こまった。

「あの後、わたしがどんな思いをしたか、ご存じでしょう？　あの子の親には人殺し呼ばわりされて、生徒たちのＳＮＳにボロカスに書かれて――」

坂木棗は、またハンカチを目に当てた。

脅したり、泣いたり、怒鳴ったり――坂木棗の態度がころころ変わる。意図的な演出なのか、精神的に不安定なのかはわからないけれど、やりにくい相手だ。先生と呼ばれた女性が、気の毒になる。ひょっとしたら、こんなことに何度もつき合わされているから、憔悴しているのかもしれない。

「あの頃は、身近であんなことが起きたから、みんな興奮していただけです。今は平静に戻っています。みんな、あんなことを書いたことを反省しています」

坂木棗が上目遣いで女性を見る。女性はうなずいた。

「お母さんも、お嬢さんが無事でしたから、もう何とも思っていないはずです」

「………」

坂木棗は同意しなかった。ただ、唾を吐き捨てたいかのように唇を歪めた。

「坂木さん」女性が相手の名を呼んだ。「ドアが閉まりきっていませんでしたから、臭いが漏れて発見できたのです。ドアが完全に閉まっていたら、臭いが漏れ出すのにも時間がかかったでしょう。そうなったら、あの子も手遅れでした。そうならなかったからこそ、今は収まっているんです」

坂木棗の頬がピクリと震えた。女性の言い方が癇に障ったのか、目から出るレーザー光線で焼き尽くすような目つきで女性を見る。

「とにかく」女性が切り替えるように言った。「今までお話ししたことが、すべてです。これ以上、何もお話しできることはありません。前にも申し上げましたように、この件は校長から喋るなと言われているんです。それでも坂木さんのお気持ちを考えて、できるだけのことはお話ししました。でも、これが最後です」

女性がバッグを持って立ち上がった。伝票を取る。「失礼します」

女性がそそくさと立ち去った。レジで二人分の会計をして店を出る。坂木棗は、女性など、はじめからいなかったかのように、ただ座っていた。

「こんな感じだよ」

僕がＩＣレコーダーの再生を止めると、塚原と雪奈が苦いものを口にしたような顔をしていた。

「なんていうか」雪奈が歪めた口を開く。「これぞモンスターペアレントって感じ」

「本当」塚原も強い口調で同意する。「これじゃ、先生が気の毒だ」

今日は八月十九日。

お盆休みの間、予想どおり、坂木棗の姿は広尾になかった。車庫に自動車もなかったから、夫と旅行にでも出かけたのかもしれない。妻があんなにやつれていたら、気晴らしか静養に連れていっても不思議はない。

そしてお盆明けの昨日から監視を再開したら、いきなり坂木棗が動いたのだ。

僕は立ち上がって、冷蔵庫から缶ビールを三本取ってきた。通常は、仕事が片付くまでビールを出さない。けれど、嫌なやり取りを聞いてしまった後の気分直しにはいいだろう。

塚原が缶ビールを開栓して、僕に顔を向ける。「それで、背景はわかったのか？」

「背景という程じゃない」

僕もビールを飲んで答える。「女性の方をつけて、一応の正体はつかめた。小沼智世（こぬまともよ）っていう、高校の先生だ」

「高校」塚原が納得顔でうなずいた。依頼人が「夏休み」とつぶやいたこととつながったからだろう。

「どこの高校?」

雪奈が訊いてきた。彼女は高校生を主人公にした恋愛マンガをよく描くから、実在の高校にも興味があるのだ。

僕は記憶を呼び起こした。仕事に関連した事柄は、できるだけメモを取らずに記憶することにしている。

「駒場聖峯女子高等学校っていう、私立の女子校に出勤してた。最寄り駅は、恵比寿だ」

雪奈が目を大きくした。「ああー、駒場聖峯ね」

「知ってるの?」

塚原の質問に、雪奈が大きくうなずく。

「お嬢様学校だよ。『制服が可愛いトップテン』に入ってることでも有名な学校」

「そうなの?」塚原が、今度は僕を見る。「制服が可愛いって、そうなのか?」

「いや、ただのセーラー服だったけど」

「それが、ただのセーラー服じゃないんだな」雪奈がにやりと笑う。「ここでセーラー服の講義をしても仕方ないけど、マンガの参考にしたことあるよ」

「よくわからないけど、すごいのはわかった」

塚原が表情を戻す。「とにかく、坂木棗に娘がいるのは、わかった。高級住宅街に住んでいるくらいだから、お嬢様学校に行かせたんだろう。恵比寿なら広尾から近いし」

「『いる』んじゃなくて『いた』んだろうね」雪奈の口調も、やや静かになった。「『このまま永遠に』なんて言ってるんだから」

僕を見る。話を続けろということだ。

「駒場聖峯について、調べてみたよ。というか、ニュースで見た記憶がある。今年の二月に、駒場聖峯の校内で、生徒の自殺事件が起きている」

「自殺」塚原が記憶を辿る。「そういえば、学校で人死に(ひとじに)が出たっていうニュースを観たような気が、しないでもない」

「たぶん、それだ」僕はうなずいた。「ニュースでは自殺ってはっきり言わなくても、直後に悩んでいる人の相談窓口を紹介するから、すぐにわかる。突っ込んで調べたところ、亡くなったのは、当時高校一年だった坂木胡桃(くるみ)という生徒だ」

「坂木——娘か」

「棗と胡桃も似てるしね」

二人のコメントに特に反応せず、僕は話を続ける。

「情報を総合すると、こんな感じだったようだ。教師が化学準備室の前を通りかかると、異臭がした。見ると、ドアが完全に閉まりきっていない。ドアを開けると、中からものすごい臭気が漂ってきて、中に生徒が二人倒れているのが見えたから、急いで消防を呼んだ。生徒二人のうち、一人は死亡。一人は呼吸困難を起こしていたものの、命に別状はなかったそうだ。その死亡した生徒が、坂木胡桃だ」

「もう一人いたのか」

塚原がつぶやき、僕はまたうなずく。

「その後の警察の捜査で、状況がわかってきた。坂木胡桃は、備品を保管している倉庫から、塩素系漂白剤を持ち出した。それから、化学部の顧問から化学準備室の鍵を受け取って、中に入った。薬品棚からクエン酸を出して、その場で漂白剤と混ぜた。塩素ガスが発生して、狭い化学準備室に充満した。それを吸って、坂木胡桃は死亡した。まだ生きていたのか、もう死んでいたのかはわからないけど、坂木胡桃を探していた生徒が、化学準備室のドアを開けた。坂木胡桃が化学部に入っていることを知ってたからだな。その子も塩素ガスを吸ってしまい、ガス中毒の症状が出た。床に倒れ伏したわけじゃなくて、壁に背中を預けて座り込むような姿勢だったのが、よかったようだ。塩素ガスは空気より重いから、上半身だけでも身体を立てていたから、塩素ガスの濃度が低かったんだな。おそらくはその直後に、教師が二人を発見した」

「遺書は？」

雪奈が訊いてくる。僕は首を振った。

「公には、見つかっていない」

「公にはって？」

「複数の人間が見た遺書はないってことだよ。坂木胡桃が誰か個人に宛てて遺書をしためていて、それを読んだ人が誰にも言っていない可能性がある。公になっていないから、あるともないともいえない」

雪奈が宙を睨んだ。「遺書がないから、坂木棗は娘が自殺したと信じられないのかな」

「それはどうだろう。警察の発表では、漂白剤のボトルに坂木胡桃の指紋がついていたとのことだ。塩素ガスを発生させるための、大きなビーカーも同様。化学準備室の鍵を本人が借りたことから考えても、自殺なのは間違いない」

「それにしちゃ、坂木棗はしつこいな」塚原は、まるで目の前に坂木棗がいるかのように、渋い顔をした。「半年も前のことについて、未だに教師を捕まえて話を聞き出そうとしてる。録音を聞いたかぎりじゃ、このときだけじゃないんだろう。何度もつき合わされて、教師もほとほと困り果ててるって感じだった」

「親としては、半年前のことじゃないのかも」雪奈が、こちらはやや同情的な口調で言った。「娘さんが死んじゃってから、時間が止まってるのかもしれないね」

「動かぬ証拠を突きつけられても、頭が拒否してるのかもな」

塚原の口調は、同情的というより、「どうしようもない」という諦めに近かった。それでも頭から坂木棗の心情を排除したのか、実務家の顔になった。

「それにしても、気になることはあるな。坂木棗は、小沼って先生に詰め寄ったときに『人殺し』とか『SNSでボロカス』とか言ってた。坂木胡桃は、いじめられてたのか？　お嬢様学校だからっていじめがまったくないなんてことはないだろうし――」塚原はそう続けた。

僕はビールを飲んで、頭をかいた。

「それは、なんともいえない。ここまでは、ある程度正確な情報だったけど、ここからは信頼性が下がる。ネットに散らばっている情報を集めて、なんとか再構成できたってレベルだ。仕事の判断材料には使えない」

「それでもいいから、話してくれ」

ここまで話して「じゃあ聞かなくていい」と答える人間はいない。塚原も雪奈も、身を乗り出した。やれやれだ。

「内部事情を知っているとうそぶく人物の投稿や、駒場聖峯の生徒たちによるSNSのグループチャットで話されたことが拡散したりしたものを拾っていった。『人殺し』も『SNSでボロカス』も、基本的には同じようなことだ。倒れていたもう一人の生徒のことだな。幸い命に別状がなかったけれど、教師の発見がもう少し遅れていたら、その生徒も死んでいた可能性が高い。だから一部の生徒が、坂木胡桃は友人を殺そうとした、つまり人殺しだと言いはじめたようだ」

「ああ」塚原が思い当たったようだ。「坂木棗が言っていた『あの子の親』か」

「まさしく、そうだ。坂木棗が言っていた『あの子の親』が、倒れていた生徒の親であることは、容易に想像がつく。その子の親の立場になってみると、自殺した坂木胡桃の巻き添えになって死にかけたんだから、そりゃあ怒るだろうってことだ。SNSに『せりママ大激怒』って投稿があったから、巻き込まれた生徒の名字か名前のどちらかに『せり』ってついてるんだろうな」

雪奈もため息をつく。

「お嬢様学校に入れるような親だから、反応も激しそうだね。坂木胡桃の親である坂木棗に詰め寄ったのは当然として、学校にも怒鳴り込んだ可能性が高い」

「ネットの情報を信じるなら、正解」僕はそう答えた。「その子の親は、坂木胡桃の両親に対して、損害賠償請求の訴訟を起こしている。最終的には和解で終わるのかもしれないけど、まだ係争中じゃないかな」

雪奈の仮説を補強する話をしたのに、彼女は納得いっていないようだった。

「学校には訴訟を起こしてないの？　管理不行き届きとかで、学校の責任を追及するのは、よくある話だと思うけど」

当然の疑問だ。

「情報を見るかぎりは、学校には訴訟を起こしていない」

不審げな雪奈に対して、塚原が持論を述べた。

「単なる想像だけど、学校を敵に回すためには、転校して今の学校の世話にならないことが前提になる。だけど、同じようなお嬢様学校で、途中から転校を受け入れてくれる学校がどれだけあるのか。あったとしても満足できる学校なのかは、わからない。だったら駒場聖峯に残って、学校側に被害者面でチクチク攻撃しながら、娘の将来のために働いてもらった方がいい。そう考えたとしても、不思議はないだろう」

「ひっどい話」

雪奈は、まるで塚原がそのように考えたかのように、睨みつける。塚原が肩をすくめた。僕に視線を移す。

「ボロカスってのも、同じ感じか」

「そうだ。自殺なら、一人でやればいい。塩素系漂白剤だって、クエン酸だって、別に学校じゃなくても手に入れられる。死ぬんなら、自分の家で死ねよ。そんな話だな」

「それも、相当ひどいね」雪奈が、舌に出現した苦みを清めるように、ビールを飲んだ。「友だちが、自殺するほど思い悩んでいたことも考えないで」

「その意見には賛成だ」僕も常識人らしく賛成してみせた。「といっても、どこまで考えて、本気で言ったのかは疑問だ。しょせんはSNS内で、仲間だけで話しているつもりの言葉だからね。どんどん過激になっていく。誰かが思いついて、SNSにこんなふうにアップした。もう一人の生徒は、坂木胡桃を探しに行って、死にかけた。じゃあ、その生徒はなぜ坂木胡桃を探したのか」

雪奈が眉間にしわを寄せた。「約束してた?」

僕はうなずく。

「そういう仮説が成り立つ。どうやら、坂木胡桃とその生徒は、親友と呼べるほど仲がよかったらしい。しかも、推薦入試の生徒が多い中、難関大学を目指している優等生だったんだそうだ。よきライバルでもあるから、二人の絆は相当深かったらしい。坂木胡桃は親友であるその生徒と会う約束をしていて、そのうえで自殺した。自分が化学部に所属しているから、その生徒が自分を探しに化学準備室に来ることは予想できた。その上で自殺したんだから、坂木胡桃は、はじめから親友を巻き添えにするつもりだったんじゃないか。いわば、無理心中。そんな書き込みがあって、それなりに支持された。インパクトの強い内容ほど、拡散される。坂木胡桃がその生徒と無理心中しようとしたことが確定情報のように語られて、それに対する非難が沸き起こったわけだ。自分たちは閉じたSNSで話していたつもりでも、参加者の誰かが、他のSNSに流す。それが回り回って、オープンな環境で話題になる。今回も、そんな例だったようだ」

「そこまで聞けば」塚原が表情の選択に困った顔をした。

「坂木棗の気持ちも、あながち否定できないな。娘が自殺しただけで衝撃なのに、娘は死んだ後も人殺しだと責められる。精神のバランスを欠いても、不思議はない」

　そこまで言って、何かに気づいたような表情になった。

「そういえば、坂木棗はどうして小沼って先生に詰め寄ったんだ？　逆に、小沼智世は、どうして坂木棗の呼び出しに応じたんだ？　担任か？」

　さすがに、いい着眼点だ。

「小沼智世については、ネットではほとんど話題になってないから、知ることができない。でも駒場聖峯のサイトにある学校行事の写真を見ていたら、多少の情報は得られた。学年単位での活動を写した写真をよく見ると、小沼智世は、坂木胡桃の学年を担任していない。当時の中三の担任だ。坂木胡桃の一学年下だな。化学部の顧問でもない。それなら、なぜ坂木棗は、小沼智世にアポを取ったんだろう」

雪奈が一度息を吸って、ゆっくりと吐いた。

「小沼智世が、発見者なんだね」

察しのいい恋人に感謝しながら、僕は首肯した。

「どうやら、そうらしい。やり取りの中で『沼も死ねばよかったのに』という投稿があった。事件の流れからすると、他に塩素ガスを吸う可能性があったのは、発見者となった教師のことだろう。駒場聖峯の関係者すべてを調べられたわけじゃないけど、この『沼』が小沼智世だという可能性がある。もっとも、特に嫌われてる先生ではなかったようで、その投稿には誰も反応してなかったけど」

マスコミが報道しなくても、学校内ではすぐに噂になる。それが坂木棗の耳に入っても、不思議はない。

塚原がうんうんとうなずく。

「第一発見者である小沼智世から、なんとか娘が自殺したのではないという証言を引き出したかったのかもしれないな。これも、無責任な想像だけど」

「辛いなあ」雪奈が小沼智世に感情移入したように天を仰いだ。「学校内での自殺だから、そりゃ学校側は管理責任が問われるよね。いくら自殺した生徒の方が悪いと思っていても、死亡した生徒の保護者には、誠実に対応しないといけないし。それが坂木棗のようなモンスターペアレントでも。先生は、本当に大変だ」

「ともかく」僕は議論を打ち切るように言った。「坂木棗が学校に関係していることは、わかった。でも依頼にある八月中という期限に関係するかは、わかっていない。だから、それは気にしない」

「えぇーっ」雪奈が不満そうな声を上げた。「あんな嫌な録音を聞いたのに、収穫なしってこと？」

「そういうわけでもない」僕はビールを飲み干した。「坂木棗が、取り憑かれたように娘の死を追っているのなら、思い切った行動に出る可能性がある。巻き込まれた女の子の家に直接乗り込むとか、学校やＳＮＳで誹謗中傷した有象無象を相手に訴訟を乱発するとか。警察や弁護士が介入するような騒ぎを起こす危険が見えてきた。だったら、できるだけ早めに行動を起こした方がいい。それがわかっただけ、収穫だよ」

「それにしても」塚原は、まだ話を終わらせるつもりがないようだ。「訴訟を起こして、坂木棗は勝てるとでも思ってるのかな」

「そんな冷静な判断はしてないんじゃないかな」

雪奈が答える。「小沼智世が、何度も繰り返し事件当時の様子を伝えてるのに、まったく信じてない。他に隠していることがあるはずだって思い込んで、何度も呼び出すくらいなんだから」

「そうだよなあ」塚原が両手を頭の後ろで組んだ。上体を反らす。「そう考えると、坂木棗が哀れになってきたな。我らが殺し屋殿には、迅速な遂行を期待したい」

僕はソファの背もたれに身体を預けて、脳を休めていた。二人の会話は、ほとんど聞いていない。

僕は通常、標的についてほとんど調べない。中途半端な知識をつけたままだと、かえって正確な仕事ができなくなるからだ。

今回は、坂木棗の行動が、実行の妨げになるリスクを包含している可能性があったから、あえて調べた。けれど、これだけ調べれば十分だ。これ以上の情報は、邪魔になるだけだ。

そもそも、依頼の理由が娘の死に絡んでいると決まったわけでもない。どちらでもいいことだ。ひょっとしたら小沼智世は何かを隠しているのかもしれないけれど、それは墓場まで持っていってもらおう。

――えっ？

何かが脳に触れた。何だ？　自分は今、何を思いついた？

通り過ぎそうになったそれを捕まえた。吟味する。

「そうか……」

知らないうちに、口からそんな言葉が漏れていた。塚原と雪奈が同時にこちらを見る。

「どうした？」

塚原が訊いてきた。僕は身を起こした。

「八月末まで」連絡係と恋人に対して、そう言った。

「そんな悠長な話じゃない。急いだ方がいい」

＊　＊　＊

篠宮真知の朝は早い。午前六時過ぎには自宅を出ている。

自宅のある大田区池上から、私立駒場聖峯女子高等学校のある恵比寿には、電車で三十分ほどだ。自宅から駅までは五分程度、恵比寿駅から学校までは徒歩十二分。合計五十分足らずで通勤できる。だから職場である学校には、午前七時には到着している。それでも一番乗りではないのだから、学校の先生というのは、本当に大変だ。

もう八月十九日になっていた。

依頼に対して受注したと連絡したのが、八月八日。もう十日以上経過している。別に油断していたわけではないけれど、依頼を受けてからすぐにお盆休みに入った。久我世理香は両親とともに旅行に出かけてしまい、駒場聖峯高校もお盆休みで閉鎖された。自宅にいる篠宮真知を狙う機会はあったけれど、久我世理香を殺さないうちは、篠宮真知も殺せない。

ようやくお盆休みが明けて、篠宮真知も学校に出勤するようになった。お盆休み前と同じ時間帯に家を出た。元の生活に戻ったと考えていいだろう。

篠宮真知が学校に入ったのを見届けて、いったん家に戻る。夏休みだから、娘の彩花も好きなだけ朝寝坊している。今から帰っても、朝食を作る時間は十分にあるだろう。

帰宅すると、案の定、彩花はまだ寝ていた。洗濯機を回している間に通信販売の注文状況を見て、在庫を確認した。そうこうしているうちに彩花が起きてきた。

「おはよ」

「おはよう。ごはん、食べる？」

「食べる」

洗濯機が終了の音を鳴らしたけれど、とりあえず放っておく。エプロンをしてキッチンに向かった。

朝食と言っても簡単なものだ。プレーンオムレツにボイルしたソーセージをつける。食パンをトーストして、彩花の好きなマーマレードの瓶を出す。スープはインスタントのコーンスープだ。最後に、百パーセントの野菜ジュースをコップに注ぐ。「お待たせ」

「ありがと」

母子二人で食卓を囲んだ。彩花は起き抜けだけれど、わたしは朝からひと仕事してきた。食欲はある。

トーストをかじりながら、彩花が言う。「今日も、朝から出てきたの？」

「そう。仕事の相手が朝早くてね。ウォーキングのお付き合い」

彩花が眉をひそめる。「芸術家って、そんなに他人をつき合わせるの？」

「そういうわけじゃないよ」わたしは軽く片手を振った。「六十過ぎのおばあちゃんだからね。こういったコミュニケーションがすごく効くんだよ」

篠宮真知は確かに「仕事の相手」だし、「六十過ぎのおばあちゃん」なのも間違いない。こんなふうに、作り話に多少は事実を混ぜた方が、破綻しにくいのだ。

「まあ、お母さんも日頃は運動不足だからね。こんな機会があると、かえって身体にいいんだ」

「まあ、そうかもしれないけど」娘が眉の形を戻す。「一人でやってる仕事だからといって、一日中仕事してると、本当に身体に悪いよ」

ははは、と笑ってみせる。「彩花に心配されるようだと、お母さんも本当にヤバいな」

彩花が頬を膨らませた。「もうっ」

朝食を済ませて、食器と調理器具を洗ったら、洗濯物を干す。今日も晴れて暑くなりそうだから、あっという間に乾くだろう。夕方になる前に洗濯物を取り込むよう、彩花に頼んでおいた。

昨晩のうちに来た注文の対応に出掛ける。

昨年ブレイクした女性絵師の画集は、未だに注文が入り続けている。電子書籍版は大手のサイトで購入できるけれど、やはり紙に印刷した画集が欲しいというファンも多い。しかも熱心なファンだと、鑑賞用と保存用の二冊を購入する場合が少なくない。加えて布教用として、さらに追加購入してくれることもある。ありがたい話だ。

本業の仕事が一段落したら、また殺し屋に戻る。久我世理香の様子を見に行くのだ。

お盆前に進学塾に出発していた時間帯に行ってみると、はたして母子連れが玄関から出てきた。お盆明けと共に進学塾も再開したようだ。

駒場聖峯女子高等学校は、どちらかというと私立の有名大学に指定校推薦で合格させるパターンが多い。二月の一般受験で難関大学を狙う生徒はそれほど多くないと聞く。ひょっとしたら、久我世理香は後者のタイプなのかもしれない。

「もう、いいのに」

久我世理香が母親に言った。「ついて来なくても、大丈夫だってば」

「そんなことないでしょ」母親——久我雅(みやび)という名前のようだ——が返す。「いつまた具合が悪くなるか、わからないんだから」

「心配ないって」

今までも、何回か繰り返されてきたやり取りだ。どうやら、久我世理香は母親同伴で進学塾に行くことを、嫌がっているようだ。高校二年生なのだから、当然だろう。夏休みの進学塾でも恥ずかしいのに、新学期が始まってからの登校でも同じことをされたらたまらない。そんなふうに思っているのが、よくわかる。

とはいえ、気になることはある。「いつまた具合が悪くなるか」という久我雅の発言だ。久我世理香はかつて体調を崩したことがあるのだろうか。それも、わりと最近。健康そうに見えるけれど、母親の方は医師から目を離さないように言われているのかもしれない。

電車をひと駅分乗って、渋谷で降りる。いつもの道を通って、進学塾に向かった。いつものように娘に手を振って、久我雅がきびすを返した。その動きが止まる。

どうしたのかと思っていたら、バッグからスマートフォンを取り出した。電話の着信だったようで、画面を一度タッチして、スマートフォンを右耳に当てた。夏休みの渋谷のこと、大勢の人が遊びに来ており、相当にうるさい。久我雅は左手の人差し指を左耳の穴に突っ込んで、聞こえをよくした。

距離があるから、何を話しているのかは、わからない。幾度か虚空に向かって会釈して、電話を切った。

――と。

久我雅の様子に変化が現れた。明らかに強張っている。スマートフォンをバッグにしまうと、せかせかと歩きはじめた。こちらも後を追う。電車に乗って自宅に戻った。

ちょっと拍子抜けした。何があったのかと身構えたけれど、荷物の到着時刻でも知らせてきたのか。

とりあえず、進学塾が終わる時間まで、こちらも用事はない。十分少々歩けば渋谷の繁華街だから、それまでの時間、コーヒーショップかどこかで通信販売の仕事をするか。

そう考えて久我世理香の家から離れようとしたとき、道路をやってくる人影があった。若い女性だ。若いといっても、自分と比較してのこと。年齢でいえば三十代前半くらいだろうか。痩せた女性だ。黒髪は短く、色白の肌とのコントラストが映える。けれどその風貌は、憔悴しきっているように見えた。

　瘦せた女性は、久我世理香の家の前に立つと、呼び鈴を鳴らした。やや間があって、玄関ドアが開く。中から久我雅が顔を出した。

　瘦せた女性と顔を見合わせる。二人とも、この世の終わりみたいに深刻な顔をしていた。久我雅が、瘦せた女性を中に招き入れる。

　来客くらいあるだろう。そんなふうに考えるには、久我雅の顔が深刻すぎた。瘦せた女性もだ。

　気になったから、少し移動することにした。瘦せた女性が来た道の脇に、公園があった。日陰になっているベンチもある。途中の自動販売機でペットボトルのお茶を買って、ベンチに座った。瘦せた女性が来た道を戻ってくるのなら、ここからなら、その姿を見ることができる。

　三十分も待たなかった。瘦せた女性が、来た道を引き返していた。わたしも立ち上がって、公園を出る。瘦せた女性は渋谷駅方面に向かって歩いて行った。わたしもついていく。

　瘦せた女性は、渋谷駅からＪＲ山手線に乗った。恵比寿駅で降りる。駅舎を出て、歩きだした。

　瘦せた女性が歩いている道を、わたしは知っている。その先にあるものも。

　そう思いながらついていくと、予想どおりだった。

　痩せた女性は、駒場聖峯女子高等学校に入っていった。

「なんだか、面倒くさそうですね」

　本多が紅茶を出しながら言った。暑い日に熱い紅茶を飲むのは嫌いではないけれど、今日はアイスティーだ。ひとくち飲むと、冷たさと香りが口から喉に流れていって、心地よかった。

　八月二十一日。

　わたしは本多の家を訪れていた。一昨日の監視結果と、昨日調べた内容を共有するためだ。

「そうなんだよね」グラスを置いて、わたしは答える。「篠宮真知の方は、さほど問題ない。いつ、どこで、どんな感じで実行するかは、イメージできてる。問題は、久我世理香の方」

「過保護の家庭ですか」向かいの椅子に座りながら、本多が笑う。「外に出ている間、ずっと母親が一緒だったら、なかなかチャンスはない」

「そうなんだよね。しかも、新キャラが登場してきた」

「痩せた女の人ですか」本多が興味深そうにこちらを見る。「誰なのか、わかったんですか？」

「うん。退勤するところを尾行して、素性はわかった。小沼智世っていう、駒場聖峯の先生だった」

本多が呆れ顔になる。「また駒場聖峯ですか」

「まあね」わたしは笑ってみせた。「先生が生徒の家を訪問するのは、あまりないけど、まったくないわけじゃない。でも、それにしては、二人とも表情が深刻すぎた」

本多が宙を睨む。「考えられることとしては、久我世理香が何か問題を起こしたってところですか」

「それに近い」

わたしがあっさり答えて、本多が驚いた顔をした。

「久我世理香に向かって、母親が体調を心配してたって話をしたでしょ？」

「してくれましたね」

「駒場聖峯のサイトを注意深く見てみたら、小沼智世は、久我世理香の学年の担当じゃなかった。だったら、どうして直接教えていない生徒の家を訪ねたのか。何か学校で問題が起きて、それに久我世理香も小沼智世も関係しているんじゃないか。ダメ元で調べてみたんだ。そしたら、あっさり見つかった」

「何です？」

「今年の二月に、自殺騒ぎが起きてる」

「………」

本多が絶句した。わたしはアイスティーを飲んで、話を続ける。

「坂木胡桃って生徒が自殺している。化学準備室で、塩素ガスを発生させたみたい」

「塩素ガスですか」本多が顔をしかめた「苦しいって話ですけど」

「よく知ってるね」

「昔翻訳したフレンチ・ミステリに、そんな殺し方が書いてあったんです」

「なるほど」目の前の芸術家は、フランス語の翻訳家でもある。

「もちろん自殺はよくないんだけど、もっと問題だったのは、巻き込まれた生徒がいたってこと。坂木胡桃を探しに来た友だちが化学準備室に入って、塩素ガスを吸ってしまった。たまたま通りかかった教師が異変に気づいて救急車を呼んで、命は助かった。そんな感じらしい」

「なるほど」今度は本多が言った。「それが久我世理香ですか」

さすがは、察しがいい。

「そうみたい。といっても、報道されたわけじゃない。自殺事件に関するSNSから漏れてきた情報を見たら、『せりママ大激怒』っていう投稿があったんだ。世理香のお母さんだから、せりママってのは、わかりやすい」

「いい読みだと思いますけど」本多が心配そうな顔をする。「久我世理香は大丈夫だったんでしょうか。塩素ガスが充満した場所に行くと、目、鼻、口の中、気道、肺がやられるらしいですよ。命は助かったんでしょうけど、後遺症とか残ってないんでしょうか」

「そうだね」監視した久我世理香の様子を思い出す。「咳をしてたり、呼吸がゼエゼエいったりはしてなかった。目も普通だったし、声もかすれてなかった。だから、後遺症は残ってないんじゃないかな」

「それはよかった」

「これは報道からだけど、死んだ坂木胡桃は床に伏していた。もう一人——たぶん久我世理香は、壁を背にして座り込んでるみたいな体勢だったらしい。塩素ガスは空気より重いから、下に溜まる。床に伏していた坂木胡桃は、溜まった濃い塩素ガスを吸って死んだ。一方、久我世理香の顔辺りになると、濃度が低かった。それが生死を分けたんじゃないかってニュースの解説者が説明してた」

「それはよかった」

本多がまた言った。もうすぐわたしが殺す相手に感情移入しても、仕方がないだろうに。

「高校生って、やっぱり子供だね。仲間うちだけのやり取りでも、面白いと思ったネタは、すぐに外に拡散させちゃう。学校でネットリテラシーについては、学んでると思うんだけど」

本多は瞬きした。「どんなやり取りがあったんですか?」

「さっきの『せりママ大激怒』は事実なんだろうけど、いい加減な憶測がほとんどだね。どうやら、死んだ坂木胡桃と久我世理香は、親友だったらしい。坂木胡桃は化学部に入っていたから、久我世理香は姿が見えない坂木胡桃を探して、化学準備室に行った。そこで坂木胡桃を発見した。二人は親友なんだから、坂木胡桃は久我世理香が自分を探しに来ることは、わかっていた。化学部員の自分を探すときには、化学準備室に来ることも。だから坂木胡桃は、久我世理香が来ることを予想して、化学準備室で自殺したんじゃないかって」

「それって」本多が呻くように言った。「坂木胡桃は、久我世理香を道連れにするつもりだったと？」

「そんな投稿があったってこと。陰謀論に近いから、みんな飛びついた。あっという間に拡散して、坂木胡桃は久我世理香を計画的に殺そうとしたって話ができあがった」

「それは、どうなんでしょうね」本多が首をひねる。「理屈としてはあり得ますけど、それなら警察が調べて、被疑者死亡のまま書類送検とかになっても不思議はないと思いますが」

もっともな疑問だ。

「その辺りの詳しいところはわからないんだけど、学校側が強く否定した感じだね。校内でその話をしてた生徒が校長に見つかって、鬼のような形相で叱られたっていう投稿があった」

「校長――篠宮真知ですか」

「そう。校長としては当然だね。まず、久我世理香の心情を慮（おもんぱか）って。ただでさえ塩素ガスでダメージを受けたのに、親友が自分を殺そうとしたなんて聞けば、精神的にも大ダメージを食らう。教師としては、防がなければならない」

「確かにそうですね」

「次に、お嬢様学校の生徒が、死んだ仲間をネタにして盛り上がるのは許されないという、教育的観点」

「現代っ子だからSNSで盛り上がるのは仕方がありませんが、それにしても言っていいことと悪いことがある。そういうことですか」

「そうだと思うよ。最後に、生徒に自殺されたというだけで学校のブランドに傷がついたのに、その生徒がさらに他の生徒も殺そうとしてたなんていうと、駒場聖峯はどんな教育をしてるんだと非難されかねない」

本多が苦笑した。「最後の意見が、最も説得力があります」

「そう思う」わたしも笑う。「起きてしまったことは、仕方がない。生徒の自殺事件のダメージを、いかに最小限に抑えるか。それを考えるのが校長の仕事だからね」

「校長は、そうでしょう」本多が話を進めた。「それで、小沼智世の方は、自殺事件にどんなふうに関わってたんですか？」

「うん」小沼智世の憔悴した顔を思い出す。「これもSNSから流れてきた情報から、さらに想像したレベルなんだけど。投稿の中に『沼も死ねばよかったのに』ってのが見つかった。この事件において死ぬのなら、塩素ガスを吸ったことが原因でしょう。とすると、坂木胡桃と久我世理香以外で塩素ガスを吸う可能性があるのは、発見者である教師」

察したというふうに、本多がうなずいた。

「『沼』は小沼智世ですか。小沼智世が、二人を発見した」

「駒場聖峯に何人『沼』がつく教師や生徒がいるのか、わからないけどね。そう考えると、久我世理香と小沼智世がつながる」

「うーん」本多が腕組みして宙を睨んだ。視線をこちらに向けると、わたしのアイスティーがなくなっていることに気づき、立ち上がった。冷蔵庫からアイスティーの入ったピッチャーを持ってきて、注いでくれた。

「ありがと」

本多が冷蔵庫にピッチャーを戻して、席に戻ってくる。

「つながりはするんですけど、何か変ですね」

「変って？」

本多が眉間にしわを寄せた。

「だって、二月ってことは、半年も前のことですよ。警察も自殺という結論を出してます。久我世理香にも後遺症が残っていないことですし、事件は完全に終わっています。もちろん久我雅には、自殺した坂木胡桃を恨む気持ちは残っているでしょう。けれど親友だった娘の心情を考えたら、大声で罵（のの）り続けるわけにもいかない。駒場聖峯は、平穏を取り戻しているんです。それなのに、どうして事件の発見者と被害者の母親が、今さら深刻な顔をしなきゃいけないんでしょうか。しかも、夏休みに生徒の自宅にまで足を運んで」

「あっ、そうか」

わたしは口を開けた。そこまで考えられていなかった。久我世理香の家での光景を思い出す。久我雅も小沼智世も、この世の終わりみたいに深刻な顔をしていた。あれは、現在進行形の危機が訪れていることを示している。

「えーっと」わたしは自分の頭の中を探る。解答になりそうな情報がないか。ひとつ見つけだした。

「ネットの情報では、久我雅は、坂木胡桃の両親に対して、損害賠償請求の訴訟を起こしたとあった。裁判の状況はわからないけど、まだ係争中の可能性がある。裁判の行方が思わしくないのかな」

我ながらもっともらしい仮説だと思ったけれど、本多の表情は緩まなかった。

「だとしたら、久我雅の方だけでしょう。小沼智世は、というか学校側は関係ありません。一緒になって深刻な顔をする理由がないんです。まさか学校側が、坂木胡桃の両親に対して、訴訟を起こすはずがありませんし」

「それもそうか。むしろ久我雅は、学校に対しても訴訟を起こしても不思議はないね。自殺の方はどうしようもないけど、巻き込まれた方としては、完全に学校の管理不行き届きなんだから」

「自殺の方はどうしようもない」本多が繰り返す。その目が、少し大きくなった。「確かに、自殺だと学校と家庭のどちらに原因があるか、なんともいえませんからね。そういえば、坂木胡桃は、どうして自殺したんでしょう」

記憶を掘り返す。ほとんどが無駄な情報の渦。その中から価値ある情報を選び出すのも、必要な技能のひとつだ。

「遺書はなかったというのが、公式発表だね。ネットでは、憶測合戦してた。いじめが原因というのが最初に出てきたけど、それは生徒側が否定してる」

「本当にいじめてたら、隠すでしょう」

「いや、投稿を読むと、そんな感じじゃなかったね。むしろ『いじめなんて古くさいこと、まだやってる奴がいるの？』みたいな雰囲気。お嬢様学校だからというより、わたしらはそんなに暇じゃないよと言いたげ」

するを本多はあっさりうなずいた。「鴻池さんがそう読み解いたのなら、信用します」

簡単に信用されても困るのだけれど、言葉の表面から内面を読み取るのは、苦手ではない。

「次に出てきたのは、これもありふれてるけど、勉強の悩み。『坂木胡桃に近い友だち』と名乗る人物が、胡桃と世理香は一般受験で偏差値の高い大学を目指していたから、勉強がうまくいかずに悩んで自殺したってもの」

「ありふれてますが、あり得そうですけど」

「そしたら、他の生徒に一蹴された。『二学期の期末試験では、せりとくるはワン・ツーフィニッシュだったよ』って書き込みがあって、他の生徒からも同じ意見が出ていた。どうやら仲間うちでは、二人のことを『せり』と『くる』って呼んでたみたいだね。だから『胡桃』と『世理香』と呼んだ書き込みはニセモノ認定されて、以来その人は書き込みしていない」

「ネットあるあるですね」

「うん。結局他に名案――SNSだから、真実よりも面白いアイデアが重要だからね――が出てこずに、立ち消えになった。坂木胡桃が死んでいるのは事実なんだから、詮索しても意味がないという雰囲気になったみたい」

「まさしく『わたしらはそんなに暇じゃないよ』って感じですか」

「そうだろうね。まあ、こんなふうに自殺の理由がわからないから、学校側も家庭側も、相手の責任だと言い張れない。校内で自殺したんだから、学校側に管理責任があるのは間違いないけど、そもそも坂木胡桃が自殺しようとしなければ、管理責任も生じなかった」

「そうなってくると」本多がまた首をひねった。「本当に、小沼智世が深刻な顔をしている理由がなくなります」

「まあ、いいよ」わたしは両手を挙げて伸びをした。「久我雅や小沼智世が深刻な顔をしていようと、どっちも標的じゃない。受注してから原則一カ月以内に実行だから、九月八日が一応の〆切。それまでしっかり準備して、過保護の久我世理香を殺す段取りを決めないとね」

「まあ、そうですね。その二人の行動が、標的に影響を及ぼすならともかく」

「深刻な顔をした理由のために、久我雅が娘を放っておいてどこかに行ってくれればいいんだけど。それにしたって、防犯カメラがたくさんある住宅街で実行したくないね」

「困りましたね」やや他人事の口調で本多が言った。「防犯カメラから顔を隠すのなら、傘をさすのがいいですけど」

「そっか」わたしは体勢を戻した。「日傘なら、ビニール傘とかよりも確実に顔を隠せるね」

「今は暑いですから、晴れていれば使える手ですよ」

そんなことを言いながら、本多が自分のスマートフォンを取った。ニュースサイトを開き、天気予報のページを見る。

「あらら。明日から雨ですって」

「そうなんだ」

「まあ、雨傘でもいいとは思いますけど」

本多が天気予報のページから、ニュースサイトのトップページに戻る。そこで、動きが止まった。じっと画面を見つめる。

「どうしたの？」

わたしの問いかけに、本多はすぐに答えずに、画面をタッチした。黙って画面の情報を目で追うと、画面をこちらに向けた。

「最新のニュースです」

「えっ？」

画面を覗き込む。息が止まった。

『午後三時、渋谷区広尾の住宅街で、坂木棗さん（四五）が血を流して倒れているのを付近の住民が見つけ、一一〇番通報した。坂木さんは病院に運ばれたが、死亡が確認された。警察では他殺とみて――』

わたしは本多と顔を見合わせた。

「坂木」本多が虚ろな声で言った。「偶然でしょうか」

「わからない」わたしは答える。「胡桃と棗。共通点はありそうだけど」

「母親ですかね」

「かもしれない」

機械的に返事をしながら、わたしは考える。仮に坂木棗という人物が、坂木胡桃の母親だったとする。では、なぜ殺されたのか。娘の自殺と関係しているのか。仮にそうであれば、久我雅と小沼智世が深刻な顔をしていたことと関係しているのか。

「ひょっとして……」

我知らずつぶやいていた。本多が反応する。

「鴻池さん？」

わたしは画面から顔を上げ、本多を見た。

「続報がないと、はっきりしたことはわからない。でも」

わたしは一言ずつ、ゆっくりと言った。

「今回は、急がない方がいい」

第四章　実行

午後二時。

八月の東京は、容赦ない日光が降り注いでいる。これほど暑いと、さすがに外出を控える人が多いようだ。テレビとかでも、不要不急な外出は控えるように呼びかけている。そのおかげで、真っ昼間であるにもかかわらず、人通りがない。

僕は民家の庭に潜んでいた。建物も、狭い庭も、手入れされた形跡がない。廃屋というほどではないから、最近になって空き家になったのかもしれない。高くはないけれど塀があり、門扉もある。この場所を見つけたのは僥倖だった。

駅の方から、人影が近づいてくるのが見える。この炎天下だから、さすがに日傘を差していた。行きの電車に乗るときに確認した服装と同じだ。

坂木棗が近づいてくる。そっと道の左右を窺う。他に通行人がいれば、今日の実行は見送りだ。

よし。誰もいない。

僕はスリングショットを構えた。門扉は片方だけ開けてある。門扉の手前で待ち構える。

来た！

僕はスリングショットを放った。鉄球ではなく、庭に落ちていた小石だ。狙ったとおり、坂木棗の左太股を直撃した。至近距離だ。

「！」

突然の激痛に、坂木棗が左側によろける。スリングショットを置いて、足を一歩踏み出す。坂木棗の左腕をつかんで、空き家の敷地内に引きずり込んだ。抜かりなく日傘も。転がるように空き家の敷地内に入ってきた坂木棗の右脇腹をナイフで刺した。こじって抜く。たちまち雑草を血が染めていった。

これでいい。これで坂木棗は、間違いなく死ぬ。

あらためて、道路の左右を確認する。誰もいない。スリングショットを回収し、ナイフはそのまま放置して、敷地を出る。これだけ暑いのだ。男性が日傘を差しても、誰も変に思わない。日傘で――もちろん坂本棗のものでなく、自前のものだ――顔を隠したまま、駅に向かって歩く。ただし、広尾駅には入らない。そのまま歩いて、恵比寿駅まで向かうつもりだった。

高級住宅街は、殺人には向かない。

大きな家が建ち並んだところでは、身を隠す場所がない。しかも大きな家には、防犯カメラが設置してある。特に広尾は大使館が近くにあるから、警備の警察官もいる。けれど、それは高級住宅街の話だ。駅を降りたら、すぐに高級住宅街が広がっているわけではない。こぢんまりとした商店街があり、そこから古い家が建ち並ぶ細い路地が伸びている。路地を抜けると、ようやく高級住宅街のエリアになるのだ。街の歴史が長いと、どうしてもこういう構造になってしまう。

それならば、高級住宅街と駅の間を狙えばいい。富裕層だって、電車を使う。そう考えて、坂木棗が通る道を気をつけて調べた。そうしたら、空き家が見つかったのだ。

背後から騒ぎは聞こえない。まだ坂木棗の死体は見つかっていないようだ。誰かが尾行してくる気配もない。そのまま歩き続けて、恵比寿駅にたどり着いた。

ふうっと息をつく。この炎天下で一駅分歩くのは、さすがにキツい。日傘をたたんで駅舎に入る。自動販売機で冷たいミネラルウォーターを買った。喉に流し込む。ようやく人心地ついた。

今回も、うまくいった。

＊　＊　＊

九月五日。

金曜日というのにあいにくの雨だけれど、わたしにとっては幸運だ。

わたしは傘をさしながら、路地を歩いていた。

午後十時。新学期が始まってから、久我世理香は大体、この時間にこの近くの路地を通る。

二学期が始まると、久我世理香は放課後に一度家に戻り、夜になって、また進学塾に出掛ける生活になった。もう母親の付き添いはない。予想どおりだ。

先ほど、昨日や一昨日とほぼ同じ時刻に学習塾を出たと連絡を受けた。今のところ、予定どおりだ。

スマートフォンが鳴った。久我世理香が神泉駅を出たという連絡だ。よし。

わたしは傘をさしたまま角を曲がって、同じように細い路地を歩く。歩く速度を調整する。

進行方向から、久我世理香が歩いてくる。彼女もまた、傘をさしていた。駅の近くだけれど、午後十時という時間帯だからか、他に人影はない。別に誰かがいたら、今夜は実行しないだけだ。

大切なのはタイミングだ。久我世理香とすれ違う場所を決めてある。その地点に近づいてきた。背後から水音が聞こえる。自転車の車輪が、路上の雨水を踏む音だ。左右は、倒産したらしい会社。両方ともシャッターが閉まっている。ここならば、周囲の家屋から死角になることは確認済みだ。

久我世理香とわたしがすれ違う瞬間、わたしを自転車が追い越そうとした。わたしと自転車が久我世理香を挟む形になった。久我世理香が自転車を避けるように、身体をこちらに寄せてきた。わたしは傘を持っていない右手で針を持ち、すれ違いざまに盆の窪を針で刺した。

「！」

久我世理香の動きが止まる。前に進む勢いが残っており、久我世理香は前方に倒れた。身体をかばう仕草はまったく見せなかった。当然だ。即死なのだから。

自転車に乗った本多は、そのまま走り去っていった。わたしもそのまま歩いていく。交差点を神泉駅の方に行かず、渋谷駅に向かった。すぐに繁華街だ。傘をさした中年女など、誰も注意を払わない。

先月、広尾で発生した殺人事件は、まだ解決していない。ニュースでも続報がないから、よほど手がかりがないのだろう。

その事件は、わたしに重大なヒントを与えてくれた。高級住宅街の住人を殺すのなら、住宅街と駅の間を狙え、と。

その視点に立って探してみたら、実行できる場所がいくつか見つかった。その一箇所を使って、無事に遂行できた。

わたしは傘をたたんで渋谷駅に入った。今夜は遅くなると、彩花に話してある。ここに来るまでに、夕食の準備も済ませておいたから、一人で食べているだろう。

わたしも、一度家に帰る。ひと眠りしてから、もうひと仕事しなければならない。深夜のうちに大田区に向かうのだ。

久我世理香の死体が発見されたら、どうなるか。

倒れている久我世理香を通行人が発見して、警察に通報する。警察は数分のうちにやってくる。救急車が呼ばれ、警察がリュックを探って身元を確認する。そして久世雅と父親に連絡を取る。

両親は動揺する。特に母親の雅は、半ばパニック状態になるだろう。そのうえで警察から事情聴取を受けたりする。学校に連絡するなど、深夜でもあるから思いつかない。連絡するのなら、翌朝だ。

校長の篠宮真知はもう学校に到着している時間帯だ。そこで生徒の訃報を聞く――生きていれば。

篠宮真知を襲う最高のタイミングは、早朝に家を出るときだ。少なくとも、夫と共に出たりしていなかった。篠宮真知が家を出る直前に、庭に潜む。内側から門扉を開けるときが、襲いどきだ。

油断はしない。けれど過度な緊張もしない。

今までだって、そんなふうに実行してきたのだ。

第五章　解説

「結局、何だったんだ？」

塚原がスマートフォンの画面を叩きながら言った。

「そうだよ」雪奈も頰を膨らませる。「トミーってば、うまくいったのに『打ち上げは当分の間待とう』なんて言うから、何が起きたのかと思ったじゃない」

九月六日。

土曜日の夜に、塚原と雪奈が事務所に来ていた。

「駒場聖峯って、いったいどんな学校なんだよ」

まったく縁がないのに、塚原が文句を言う。恨みを晴らすかのように、ビーフジャーキーを嚙みちぎった。

雪奈も自分のスマートフォンで、ニュースサイトの記事を見た。

『駒場聖峯の生徒と校長が、相次いで殺害された。警察ではふたつの事件の関連を調べると共に――』

「生徒の方は夜の十時前後、校長の方は翌朝の六時前後。ニュースサイトの記事からは詳しいところまではわからないけど、見事な手際だね」

僕はそうコメントして、ビールを飲んだ。

坂木棗を仕留めてから、雪奈が言ったように、ビールとビーフジャーキーでの打ち上げを延期していた。僕自身の仕事は終わっているけれど、もう一幕ありそうな気がしていたのだ。

「殺された生徒は、久我世理香って名前だった」塚原もビールを飲む。「こいつが、自殺に巻き込まれて生き延びた奴か？」

「そうだろうね」雪奈もスマートフォンから視線を外した。「トミーが調べてきた情報だと、生き延びた生徒の母親が訴訟を起こしたってことだった。そのときのＳＮＳの投稿が『せりママ大激怒』だった。せり。久我世理香と考えて間違いなさそう」

「そうだと思う」僕は簡単に賛成した。仕事は終わったから、もう根拠のない想像をしても許されるだろう。

「自殺騒動なんて話を聞かなくても、問題なく実行できた。正直、後悔してるよ。無駄な時間と労力を使った」

「何だよ、それは」

塚原が不満そうに唇を尖らせる。「あの話を聞いたから、急いで実行するって決めたんだろう？」

「それは認める。でも、知らなくても問題なかった。ただ、あの依頼は何だったのか。知らなくてもいいし知るべきではないことを、事後に無駄な想像をする材料にはなった」

「どんな想像?」

雪奈が目を輝かせた。彼女は僕が実際に人を殺すところを見ていない。他殺死体も見たことがない。そのためか、僕の仕事を遠い世界の出来事と考えている節がある。もちろん、その方がいいんだけど。

「依頼と関係あるかどうかはともかく、坂木棗が娘の自殺に縛られていることは間違いなかった」

僕は、そんなふうに話し始めた。

「発見者の小沼智世を何度も呼び出して、しつこく話を聞こうとした。まるで刑事だ。僕が見たのはあの一回だけだけれど、何回も話を聞くことで、小沼智世の証言に矛盾がないか調べていたのかもしれない」

「いい迷惑だ」

塚原が吐き捨てるように言った。僕は笑ってみせる。

「でも、結果的には成功したんじゃないかと思っている」

「えっ?」雪奈が訊き返した。「どうして? トミーが見ていたときだって、小沼智世は同じことを話したんでしょ? 新しい話は何もないって」

「そう言ってたね」僕は素直に認めた。「話に矛盾はなかった。小沼智世は、ずっと同じことを言っていた。それならばなおのこと、坂木棗は気づかなければならなかった。もっと初期の段階で。やっぱり娘を失った精神的ダメージが、冷静な思考力を奪ってたんだろうな」

「わからんな」塚原がビールを飲んで、息を吐いた。「小沼智世の話は、はじめから矛盾してたってことか？」

「そうだよ」

あっさりと僕が答え、二人の客は同時にのけぞった。

「といっても、僕もはじめは気づかなかったから、偉そうなことは言えない。というか、どうして誰も気づかなかったんだろう。特に警察。やっぱり、学校関係者の証言に破綻がなかったからだろうか」

「いったい、何なの？」

雪奈が訊いてきた。僕はきちんと話すという意志を伝えるため、一度うなずいてみせた。

「化学準備室で、坂木胡桃は塩素ガス自殺した。そこに、坂木胡桃を探して久我世理香がやってきた。化学準備室で坂木胡桃が倒れているのを見つけて、驚いて準備室内に入る。自分も塩素ガスを吸ってしまい、倒れた。ドアが完全に閉まっていなかったから、通りかかった小沼智世が漏れ出る臭気に気づいて二人を発見した」

僕の再現に間違いがないと判断したか、二人とも無反応だった。僕は話を続ける。

「いいかい？　久我世理香が化学準備室に入ったときには、もう塩素ガスは発生していたんだ。場所や高さによって濃淡はあったとしても、ものすごい臭気がしたはずだ。それなのに、久我世理香は、どうして化学準備室のドアを閉めたんだ？」

　塚原と雪奈が同時に口を開けた。

「――えっ」

「駒場聖峯の化学準備室がどんな構造になっているか、僕は知らない。母校の記憶からすると、大体狭いし、細長い。教室は確か、前後に引き戸がないといけない決まりだったと思う。けれど準備室は教室じゃないから、その縛りはない。ドアノブのある、普通の開きドアなんじゃないかな。それだけじゃない。準備室ってのは、荷物を出したり入れたりする必要があるから、ドアのオートクローザーは取り付けられていない場合が多い」

「すごい臭いがするから、久我世理香がドアを閉めたわけがない」

「久我世理香がドアを閉めなくても、オートクローザーで勝手に閉まったわけじゃない」

　塚原と雪奈が順番に言った。

「そういうことなの？　ドアは、本当は開いていたってことなの？」

「その可能性もある」僕はそう言った。「坂木胡桃の自殺事件の流れを追っていくと、ここに引っかかる。久我世理香の行動と事実が矛盾するんだ。そうなると、解決方法はふたつだ。ひとつ目は、ユキちゃんが指摘したように、本当はドアが開いていたというもの。小沼智世が嘘をついていたわけだ。ただ、ここで考えなければならないのは、どうして小沼智世がそんな嘘をついたのかということだ。ドアが開いていても、小沼智世にも学校にも、不利益は何もない。だったら、嘘をつく必要もない。だから僕はこの説を捨てた。考えなければならないのは、ふたつ目だ。それは、完全にではないにしろ、ドアは本当に閉まっていたというもの」

「えっ？　えっ？」

雪奈が戸惑ったような声を上げた。「それが矛盾なんじゃないの？」

「そう見える」僕は一度うなずいてから、首を横に振った。「その矛盾を解決するには、ひとつの前提をひっくり返さないといけない。それは、久我世理香が坂木胡桃を探していて、化学準備室に入ってしまったという前提」

「あっ！」塚原が大声を出した。元々大きい目を、さらに大きく見開く。「久我世理香は、はじめから坂木胡桃と一緒にいた？」

今度は、素直にうなずく。

「その可能性があると思った。坂木胡桃が塩素ガスを発生させたときには、もう久我世理香はそこにいた。だからドアは閉められていた。そうなると、久我世理香は巻き込まれたわけじゃないことがわかる」

「心中……」

雪奈がそっと言った。「そういうことなの？　だからドアは閉められていた？」

「動機はわからない」僕は言った。「坂木胡桃一人の自殺の動機もわからないのに、二人の心中の動機なんか、わかるわけがない。でも、事実だけを追っていくと、その可能性が高いと思った」

「嫌になったのかもね」雪奈がゆるゆると首を振った。「同級生たちが受験勉強なしで推薦合格するつもりなのに、自分たちだけが一所懸命勉強している。成績を上げれば上げるほど、親からの期待はさらに高まる。それがプレッシャーになって、逃げ出したのかもしれない」

そして僕の方を見る。「心中だったとすると、小沼智世は嘘をついたわけでしょ？それに、どんなメリットがあるっていうの？」

「一見すると、嘘をつくメリットはないように見える。おそらく、二人とも死んでいたら、そんな必要はなかった。でも、久我世理香は生き残ってしまった」

「………」

「事件が起きたばかりのときは、現状の把握が最優先される。警察や消防の事情聴取に、小沼智世は本当のことを答えた。完全にではないけど、ドアは閉まっていた、と。この時点では、まだ久我世理香が坂木胡桃を探しに来たというストーリーは語られていない。ただ、見たままを証言しただけだ。塩素ガス中毒なんだから、久我世理香も最初は話すどころじゃない状態だ。警察も消防も、事情聴取するのは、ドクターストップが解けた後になる。それまでの間、久我世理香の近くにいるのは、親だけだ。容態が落ち着いて話せるようになると、久我世理香はまず両親に本当のことを話すだろう。坂木胡桃と心中しようとしたと」

「ちょっと待て」塚原が掌をこちらに向けた。「じゃあ、久我世理香の母親は、娘が心中しようとしたことを知ってたっていうのか？『せりママ大激怒』じゃなかったのか？」

「そこに至るまでに、もう一工程ある」僕はそんなふうに答えた。「生徒が一人死んで、もう一人が死にかけたんだ。校長は生き残った方の病院に駆けつけただろう。発見者の小沼智世は、おそらくは病院にいなかった。いる必要がないから。警察と消防は、まだ話を聞けない。久我世理香の両親は、慌てて校長を呼んだ。そして事情を説明する。ここで考えてみよう。久我世理香の両親と、校長の立場から、どういう風に考えるのか」

「えっと」塚原が宙を睨む。「まず親としては、隠したいよな。娘が心中騒ぎを起こしたというのは、絶対に表沙汰にできない。富裕層なら、とにかく体面を気にするだろう。娘の将来にも影を落とすし、親の立場もなくなる」

　雪奈が後を引き取る。

「学校としては、生き延びてしまった心中志願者は、正直いって持て余す。もちろん処分なんてできないし、特別なケアをしなければならない。心中であれば、死んでしまった方の親からも非難されるでしょう。自分の娘は死んだのに、なぜあいつが生きているんだと。生徒たちからも、死に損ないと色眼鏡をかけて見られる。確かに、面倒だよね。その面倒を一気に解決するのが、心中にしないこと。そういうことなんだね」

僕は困った顔でうなずいた。本当は、こんなことを考えたくないんだけど。

「そう。心中の生き残りじゃなくて、友だちの自殺に巻き込まれたことにすれば、久我世理香はただの被害者だ。久我世理香の両親も体面を保てるし、学校側の面倒も、大半がなくなる。久我世理香の両親と校長の間で、短時間のうちに密約が交わされた。校長は小沼智世に、久我世理香は後から来たようだと証言するように指示し、生徒たちのSNSやネット界隈に、後から作ったストーリーをばらまいた」

「それで、警察も消防も、学校関係者も生徒たちも、みんなそのストーリーを信じたのか」

塚原の目が元の大きさに戻っていた。理解したからだ。雪奈もうなずく。

「親や学校に最大限の迷惑をかけた久我世理香は、黙って親の言いつけに従うしかなかった。もっとも、死のうとして死ねなかったから、また死のうとは思わなくなったのかもしれないね。そうなったら、やっぱり我が身が可愛い。親の言いつけにしたがっていた方が、何かと自分のためになる。そう考えたとしても、おかしくない」

「僕も同じことを考えた。ただ、一見みんなが幸せになれるこのアイデアは、ひとつの条件を元にしている。つまり、坂木胡桃を悪者にすること。死者にすべてを押しつけて、生きている人間が得をするように仕向ける。個人的には賛成の考えなんだけど、死者にも親がいる」

「坂木棗……」

「坂木胡桃は死んでしまっているから、どうなっても文句は言わない。でも親の立場では、たまったもんじゃない。世間からもボロカスに言われ、娘の親友の親からは人殺しと責められる。学校も久我世理香の両親も、そう言わなければ自分たちの身を守れなかった。でもそんなことは、坂木棗に言えるわけがない。こうして、坂木棗はどこにも持っていきようのない怒りを体内に蓄積させていった。でも、それが変わった」

「坂木棗が、気づいたのか」

塚原が頭を振った。「小沼智世から話を聞くうちに、小沼智世の証言に矛盾があることに気づいた。自分の娘は自殺に親友を巻き込んだわけじゃない。校内で自殺したことに対する申し訳なさはあるけれど、もっと悪いのは、学校側と久我世理香の両親だ――」

僕はビールを飲んだ。連絡係と恋人を交互に見る。

「そうなってくると、誰だろうな。坂木棗が真実を知ることで、明確かつ具体的な不利益を被る奴は」

「校長と」

「久我世理香の両親」

塚原と雪奈が続けて言った。

僕はビールを飲み干した。

「だから、二方向から坂木棗の殺害依頼がかかったわけだ。八月中というのは、まさしく夏休み中ということだ。夏休みのうちは、親が娘を護れる。けれど二学期になって生徒が登校してくるようになったら、いつまでも一緒にいられない。しかも坂木棗がどんな行動に出るか、わからない。最悪なのは、登校時の久我世理香を捕まえて、責めたてることだ。耐えきれずに久我世理香が本当のことを喋ってしまえばアウトだ。それは絶対に避けたい。だから、二学期が始まるまでに、坂木棗に死んでもらう必要があった。それがオプションの意味だ。でも、坂本棗が夏休み中に行動を起こす危険があると思った。だから急いだんだよ」

＊＊＊

「じゃあ、坂木胡桃と久我世理香は、心中だったっていうんですか？」

本多は口をあんぐりと開けた。

標的である久我世理香と篠宮真知を、無事に殺害できた。今日は協力してくれた本多と共に、スーパーマーケットのオードブルセットとビールで、ささやかな打ち上げをしているのだ。

「そう。無理心中じゃなくて、完全合意のうえの心中。完遂できなかったけど」海老フライを飲み込んでから、わたしは言った。「そう考えれば、色々なことに説明がつく」

調べたところでは、広尾で殺害された坂木棗は、やはり駒場聖峯女子高等学校で自殺した坂木胡桃の母親だった。

「事件が起きたのは、半年前。その間、何も起きなかった。それはつまり、学校側と久我世理香の親の隠蔽工作が成功していたということ。でもそれによって、坂木胡桃の両親は、ずっと責められ続けた。それでも忍従するしかなかった。根本的なところに気づくまでは」

「化学準備室のドアが閉まっていた……」

「そう。そこに気づいたら、後は早い。自分の娘が自殺したのは間違いない。でも、一緒に死のうとした人間がいる。しかも、娘は死んでいるのに、そいつは生き残っている。親の立場からすれば、そりゃあ、許せないよね」

本多がビールを飲んだ。喋る前に喉を潤しておこうというふうに。

「じゃあ、依頼人は坂木棗ってことなんですか？」

わたしもビールを飲む。

「誰でもいいけど、その可能性は高いと思う。本来娘を護ってくれるはずの学校側が、率先して娘を悪者にした。それに、娘のことを人殺しと罵った久我世理香の母親もまた、隠蔽に加担していた。そりゃあ、許せないよ。でもあんなやつれた中年女に、自分の手で復讐できるわけがない。それは坂木棗自身にもわかっていた。だから、殺し屋を雇った」

「で、でも」本多が反論を試みる。「標的は久我世理香自身ですよ。母親じゃありません。自分の娘を人殺しと罵った母親の方を標的にしませんか？」

「しないね」わたしは答える。「二人の仲良しさんは、心中を考えたんでしょう。でも、久我世理香は生き残ってしまった。よく言われることだけれど、心中とは自殺がふたつなんじゃなくて、殺人がふたつ。坂木棗にとって、娘は久我世理香に殺されたわけだよ。娘を直接殺した久我世理香の方を標的にするのは、当然でしょ。それに、警察に嘘をついてまで護ろうとした娘を殺された母親は、絶望の淵に突き落とされる。殺すよりも生かしておいた方が、より強い復讐になる。そう考えたとしても、不思議はない」

「…………」

本多が口をパクパクさせた。坂本棗の強烈な憎悪に、言うべき適切な言葉を思いつかないのだ。これほど高い知性を持った男性が。

それはたぶん、本多の本質が善だからなのだろう。本質が悪である自分とは、永遠に相容れない。

「坂木棗は殺されました」ようやく本多が言葉を発した。「報道だけでは、はっきりしたことはいえませんが、プロの仕事に見えます。ということは、誰かが殺し屋を雇って坂木棗を殺させたということですか？」

「別に誰でもいいけど」わたしは同じことを言った。「坂木棗が恨んでいる相手が、そのまま坂木棗に死んでほしい相手になる。久我世理香は恨まれる筆頭だけど、女子高生が、しかも一緒に死のうと思った相手の母親を殺そうとするかについては、議論が必要。

お金の問題もあるしね。そう考えると、お金があって坂木棗が生きていると困る人は、校長と久我雅の二人でしょうね。もちろん、雅の夫、世理香の父親も関係してるでしょうけど」

「なるほど」本多が納得いったという顔をした。「だから、鴻池さんは急がない方がいいと言ったんですね。諸悪の根源である坂木棗が死んでしまえば、久我雅は安心できる。常に娘に付き添う必要はなくなる。時間を置いて、久我世理香が一人で行動できるようになってから実行したわけですか」

本多が、今度は難しい顔をした。「すると、自殺事件に関わった人間が、相次いで死んだことになります。久我世理香。篠宮真知。坂木棗。他に死人は出ないんでしょうか」

「大丈夫だと思う」わたしは軽く答えた。「想像だけど、わたしへの依頼をしたのは坂木棗。坂木棗を殺した殺し屋を雇ったのは、久我雅とたぶんその夫、それから篠宮真知。坂木棗も篠宮真知も死んでいる。久我雅とその夫は、娘を殺されて血の涙を流してるのかもしれないけど、復讐の相手はもう死んでいる。どうしようもない。だからこれ以上、何も起きないと思う」

「確かに、そうですかね」本多がしばらく考えてから答えた。「すると、結局誰も得をしない、損ばかりの事件だったたってことですか。もちろん、殺し屋さんは儲かりましたが」

「そうだね」わたしは相棒に笑ってみせた。「それだけなら」

＊＊＊

「でも、それだけでは済まない気がする」

僕が言うと、塚原も雪奈もきょとんとした。それはそうだろう。今までの説明で、事件の全貌が明らかになったのだから。でも僕は続ける。

「僕は考えたんだ。坂木棗は真実を知った。では、それはなぜなのか」

「なぜって」雪奈が返す。「小沼智世の発言でしょ？　化学準備室のドアが閉まりきっていなかったという」

「そう」僕はうなずく。「小沼智世の発言で、坂木棗の道は決まってしまった。ここで僕は考えた。小沼智世のドアに関する発言は、校長に指示されただけのものなんだろうか。少なくとも小沼智世は、そのように言っていた」

「本当は、違うってことなんだね」

雪奈の言葉は、ため息交じりだ。「小沼智世は、自らの意志で、わざと坂木棗にばらした」

「そうなんだよ」僕は自らの手で殺害した坂木棗の姿を思い出しながら言った。殺した相手に、今さらどうという感情は湧かない。けれど、今回は別だ。

「事件の後、小沼智世はどんな立場に立たされただろう。上司からは虚偽の証言を強要され、遺族からはネチネチと絡まれ、特定の保護者と裏で手を結ばせられた。じゃあ、いちばんの被害者は誰だ？　自分が置かれた状況を解決するのに最も簡単な方法は、関係者がみんないなくなってしまうことだ。だから、さりげなく坂木棗に真相を教えて、久我家と校長に復讐するように仕向けた」

「坂木棗は、小沼智世の掌の上で踊ったのか」

塚原が大きく息をついた。僕はうなずく。

「小沼智世は、坂木棗に対して、ドアが完全に閉まっていなかったことを、ことさら強調していた。おそらくは、面談の度に。憎悪に凝り固まっている坂木棗も、何回目かで気づいた。完全でないにしろ、ドアが閉まっていたことの意味に。そこからは、真実まで一直線だ。坂木棗は、娘を死なせた久我世理香と、事実を隠蔽した校長に復讐することにした。僕が見た面談は、おそらくその後だ。坂木棗はいつものように小沼智世を呼び出して、同じ答えが返ってくるかを確認した。いわば、答え合わせ。小沼智世がぶれていなかったから、自分が正しいことを確信したんだろう」

＊　＊　＊

「それだけじゃないっていうんですか？」

本多が怪訝な顔をする。わたしは相棒に笑みを向けた。

「学校の責任者である篠宮真知は、二人の生徒のうち片方を悪者にすることで、学校を護ろうとした。校長としては、ある意味当然の判断かもしれない。けれど、いち教師である小沼智世はどうだろう。彼女にとっては、坂木胡桃も久我世理香も、同じように大切な生徒。学校に迷惑をかけたのも、二人とも同じ。それなのに校長は、片方を切り捨てろという。しかも久我世理香の母親は、迷惑をかけたにもかかわらず、被害者面で訴訟まで起こしている。まともな神経なら、やってられないと思うよね」

本多が目を見開いた。

「小沼智世が、裏で糸を引いていたというんですか?」

「そうかもしれないって話」わたしはそう答えた。「坂木棗も、小沼智世に繰り返し詰め寄ってたのかもしれない。真相を吐けと。小沼智世は、坂木棗に対してもうんざりしていた。だから、久我雅と篠宮真知を誘導した」

「坂木棗が危険だと……」

「そう。坂木棗が真相に気づいたと報告すれば、篠宮真知も久我雅も焦るでしょう。娘が死んで、坂木棗がおかしくなっていることは、二人とも小沼智世の報告によって知っている。坂木棗がどんな行動に出るか、わからない。だから、その前に消すという決断をさせた。わたしが見た、深刻な顔で小沼智世が久我雅を訪ねたのは、あれが最初じゃなかったんだと思う。一回話しただけじゃ、坂木棗を消す決断をしてもらえないかもしれない。だから、幾度となく久我雅には深刻な顔をして状況報告したし、篠宮真知にもはったりをかました。二学期になったら、坂木棗は学校に乗り込んで来るみたいだ、とか。それが功を奏して、二人のどちらか、あるいは両方が、坂木棗を消すための行動に出た」

「坂木棗に対しても、そうなんですか」本多がため息をついた。「篠宮真知と久我雅が結託して、自分を陥れたとわからせた」

わたしはビールを飲み干した。

「その結果が、誰ともわからない殺し屋さんの活躍を生んだのかもね」

＊　＊　＊

「もしこのいい加減な想像が真実なら」

僕は言った。

「僕と、誰とも知らない殺し屋が実行した殺人は、すべて小沼智世が糸を引いていたことになる。しかも、自分は一円も使っていない。スポンサーは、学校と久我家、それから坂本棗だ。それでいて、自分が抱えてきたすべての面倒ごとを解決できた」

僕は連絡係と恋人を見て、笑ってみせた。

「すごい人が、いたもんだね」

この作品は「文春文庫」のために書き下ろされたものです。

DTP制作　エヴリ・シンク

文春文庫

夏休みの殺し屋（なつやすみのころしや）

定価はカバーに
表示してあります

2025年4月10日　第1刷

著　者　石持浅海（いしもちあさみ）
発行者　大沼貴之
発行所　株式会社 文藝春秋

東京都千代田区紀尾井町 3-23　〒102-8008
TEL 03・3265・1211㈹
文藝春秋ホームページ　https://www.bunshun.co.jp

落丁、乱丁本は、お手数ですが小社製作部宛お送り下さい。送料小社負担でお取替致します。

印刷製本・TOPPANクロレ

Printed in Japan
ISBN978-4-16-792353-2

（　）内は解説者。品切の節はご容赦下さい。

石持浅海
殺し屋、やってます。
《650万円でその殺しを承ります》——コンサルティング会社を経営する富澤允。しかし彼には、殺し屋という裏の顔があった…。殺し屋が日常の謎を推理する異色の短編集。（細谷正充）
い-89-2

石持浅海
殺し屋、続けてます。
ひとりにつき650万円で始末してくれるビジネスライクな殺し屋、富澤允。そんな彼に、なんと商売敵が現れて——殺し屋が日常の謎を推理する異色のシリーズ第2弾。（吉田大助）
い-89-3

伊岡　瞬
赤い砂
男が電車に飛び込んだ。検分した鑑識係など3名も相次いで自殺する。刑事の永瀬が事件の真相を追う中、大手製薬会社に脅迫状が届いた。デビュー前に書かれていた、驚異の予言的小説。
い-107-2

内田康夫
氷雪の殺人
利尻富士で、不審死したひとりのエリート社員。あの日、利尻島にわたったのは誰だったのか。警察庁エリートの兄とともに謎を追う浅見光彦が巨大組織の正義と対峙する！（自作解説）
う-14-24

内田康夫
贄門島（にえもんじま）（上下）
二十一年前の父の遭難事件の謎を追う浅見光彦は、房総に浮かぶ美しい島を訪れる。連続失踪事件、贄送り伝説——因習に縛られた島の秘密に迫る浅見は生きて帰れるのか？（自作解説）
う-14-25

歌野晶午
葉桜の季節に君を想うということ
元私立探偵・成瀬将虎は、同じフィットネスクラブに通う愛子から霊感商法の調査を依頼された。その意外な顚末とは？　あらゆる賞を総なめにした現代ミステリーの最高傑作。
う-20-1

歌野晶午
春から夏、やがて冬
スーパーの保安責任者・平田は万引き犯の末永ますみを捕まえた。偶然の出会いは神の導きか、悪魔の罠か？　動き始めた運命の歯車が二人を究極の結末へと導いていく。（榎本正樹）
う-20-2

（　）内は解説者。品切の節はご容赦下さい。

沖方 丁
十二人の死にたい子どもたち
安楽死をするために集まった十二人の少年少女。全員一致で決を採り実行に移されるはずのところへ、謎の十三人目の死体が!? 彼らは推理と議論を重ねて実行を目指すが。（吉田伸子）
う-36-1

江戸川乱歩・湊 かなえ 編
江戸川乱歩傑作選 鏡
湊かなえ編の傑作選は、謎めくパズラー「湖畔亭事件」、ドンデン返し冴える「赤い部屋」他、挑戦的なミステリ作家・乱歩に焦点を当てる。（解題／新保博久・解説／湊 かなえ）
え-15-2

江戸川乱歩・辻村深月 編
江戸川乱歩傑作選 蟲
没後50年を記念する傑作選。辻村深月が厳選した妖しく恐ろしい名作。恋に破れた男の妄執を描く「蟲」。四肢を失った軍人と妻の関係を描く「芋虫」他全9編。（解題／新保博久・解説／辻村深月）
え-15-3

榎田ユウリ
この春、とうに死んでるあなたを探して
妻と別れ仕事にも疲れた矢口は中学の同級生・小日向と再会する。舞い込んできたのは恩師の死をめぐる謎——事故死か自殺か。切なくも温かいラストが胸を打つ、大人の青春ミステリ。
え-17-1

折原 一（いち）
異人たちの館
樹海で失踪した息子の伝記の執筆を母親から依頼された売れない作家・島崎の周辺で次々に変事が。五つの文体で書き分けられた目くるめく謎のモザイク。著者畢生の傑作！（小池啓介）
お-26-17

折原 一
傍聴者
複数の交際相手を騙し、殺害したとして起訴されている牧村花音。初公判の日、傍聴席から被告を見つめる四人の女がいた——。鮮やかなトリックが炸裂する、傑作ミステリ！（高橋ユキ）
お-26-20

大沢在昌
闇先案内人（上下）
「逃がし屋」葛原に下った指令は、「日本に潜入した隣国の重要人物を生きて故国へ帰せ」。工作員、公安が入り乱れ、陰謀と裏切りが渦巻く中、壮絶な死闘が始まった。（吉田伸子）
お-32-3

（　）内は解説者。品切の節はご容赦下さい。

大沢在昌
心では重すぎる（上下）
失踪した人気漫画家の行方を追う探偵・佐久間公の前に、謎の女子高生が立ちはだかる。渋谷を舞台に描く、社会の闇を炙り出す著者渾身の傑作長篇。新装版にて登場。（福井晴敏）
お-32-12

大沢在昌
冬芽の人
警視庁捜査一課に所属していた牧しずりは、捜査中の事故で亡くなった同僚の息子、岬人と出会う。彼がもたらしたものは事故の意外な情報。事件は再び動き始めるが……。（細谷正充）
お-32-14

恩田　陸
夏の名残りの薔薇
沢渡三姉妹が山奥のホテルで毎秋、開催する豪華なパーティ。不穏な雰囲気の中、関係者の変死事件が起きる。犯人は誰なのか、そもそもこの事件は真実なのか幻なのか——。（杉江松恋）
お-42-2

恩田　陸
木洩れ日に泳ぐ魚
アパートの一室で語り合う男女。過去を懐かしむ二人の言葉に、意外な真実が混じり始める。初夏の風、大きな柱時計、あの男の背中。心理戦が冴える舞台型ミステリー。（鴻上尚史）
お-42-3

大山誠一郎
赤い博物館
警視庁付属犯罪資料館の美人館長・緋色冴子が部下の寺田聡と共に、過去の事件の遺留品や資料を元に難事件に挑む。超ハイレベルで予測不能なトリック駆使のミステリー！（飯城勇三）
お-68-2

大山誠一郎
記憶の中の誘拐　赤い博物館
赤い博物館こと犯罪資料館に勤める緋色冴子。殺人や誘拐などの過去の事件の遺留品や資料を元に、未解決の難事件に挑む!? シリーズ第二弾。文庫オリジナルで登場。（佳多山大地）
お-68-3

織守きょうや
花束は毒
芳樹はかつての憧れの家庭教師・真壁が結婚を前に脅迫されていると知り、尻込みする彼にかわり探偵に調査を依頼する。気鋭のミステリ作家による衝撃の傑作長編！　未来屋小説大賞受賞。
お-82-1

（　）内は解説者。品切の節はご容赦下さい。

垣根涼介
午前三時のルースター
旅行代理店勤務の長瀬は、得意先の社長に孫のベトナム行きの付き添いを依頼される。少年の本当の目的は失踪した父親を探すことだった。サントリーミステリー大賞受賞作。（川端裕人）
か-30-1

垣根涼介
ヒート アイランド
渋谷のストリートギャング雅の頭、アキとカオルは仲間が持ち帰った大金に驚愕する。少年たちと裏金強奪のプロフェッショナルたちの息詰まる攻防を描いた傑作ミステリー。
か-30-2

加藤　廣
信長の血脈
信長の傅役・平手政秀自害の真の原因は？　秀頼は淀殿の不倫で生まれた子？　島原の乱の黒幕は？　『信長の棺』のサイドストーリーともいうべき、スリリングな歴史ミステリー。
か-39-9

香納諒一
贄の夜会（上下）
《犯罪被害者家族の集い》に参加した女性二人が惨殺された。容疑者は少年時代に同級生を殺害した弁護士！　サイコサスペンス＋警察小説＋犯人探しの傑作ミステリー。（吉野　仁）
か-41-1

神永　学
ガラスの城壁
父がネット犯罪に巻き込まれて逮捕された。悠馬は真犯人を捕まえるため、唯一の理解者である友人の暁斗と調べ始めることに——。果たして真相にたどり着けるのか!?（細谷正充）
か-81-1

北村　薫
街の灯
昭和七年、士族出身の上流家庭・花村家にやってきた若い女性運転手〈ベッキーさん〉。令嬢・英子は、武道をたしなみ博識な彼女に魅かれてゆく。そして不思議な事件が……。（貫井徳郎）
き-17-4

北村　薫
鷺と雪
日本にいないはずの婚約者がなぜか写真に映っていた。英子が解き明かしたそのからくりとは——。そして昭和十一年二月、物語は結末を迎える。第百四十一回直木賞受賞作。（佳多山大地）
き-17-7

（　）内は解説者。品切の節はご容赦下さい。

桐野夏生
柔らかな頬（上下）
旅先で五歳の娘が突然失踪。家族を裏切っていたカスミは、必死に娘を探し続ける。四年後、死期の迫った元刑事が、事件の再調査を……。話題騒然の直木賞受賞作にして代表作。（福田和也）
き-19-6

貴志祐介
悪の教典（上下）
人気教師の蓮実聖司は裏で巧妙な細工と犯罪を重ねていたが、綻びから狂気の殺戮へ。クラスを襲う戦慄の一夜。ミステリー界の話題を攫った超弩級エンターテインメント。（三池崇史）
き-35-1

貴志祐介
罪人の選択
パンデミックが起きたときあらわになる人間の本性を描いたSFから手に汗握るミステリーまで、人間の愚かさを描く、貴志祐介ワールド全開の作品集が、遂に文庫化。（山田宗樹）
き-35-4

黒川博行
封印
大阪中のヤクザが政治家をも巻き込んで探している〝物〟とは何なのか。事件に巻き込まれた元ボクサーの釘師・酒井は、恩人の失踪を機に立ち上がった。長篇ハードボイルド。（酒井弘樹）
く-9-4

黒川博行
後妻業
結婚した老齢の相手との死別を繰り返す女・小夜子と、結婚相談所の柏木につきまとう黒い疑惑。高齢の資産家男性を狙う〝後妻業〟を描き、世間を震撼させた超問題作！（白幡光明）
く-9-13

櫛木理宇
鵜頭川村事件（うずかわむらじけん）
亡き妻の故郷・鵜頭川村へ墓参りに三年ぶりに帰ってきた父と幼い娘。突然の豪雨で村は孤立し、若者の死体が発見される。狂乱に陥った村から父と娘は脱出できるのか？（村上貴史）
く-41-1

小杉健治
父の声
東京で暮らす娘が婚約者を連れて帰省した。父親の順治は娘の変化に気づく。どうやら男に騙され覚醒剤に溺れているらしい。娘を救おうと父は決意をするが……。感動のミステリー。
こ-15-2

（　）内は解説者。品切の節はご容赦下さい。

今野 敏（びん）
曙光の街
元KGBの日露混血の殺し屋が日本に潜入した。彼を迎え撃つのはヤクザと警視庁外事課員。やがて物語は単なる暗殺事件から警視庁上層部のスキャンダルへと繋がっていく！（細谷正充）
こ-32-1

今野 敏
白夜街道
外務官僚が、ロシア貿易商と密談後に変死した。警視庁公安部の倉島警部補は、元KGBの殺し屋で貿易商のボディーガードとなったヴィクトルを追ってロシアへ飛ぶ。緊迫の追跡劇。
こ-32-2

近藤史恵
インフルエンス
友梨、里子、真帆。大阪郊外の巨大団地に住む三人の少女は不可解な殺人事件で繋がり、罪を密かに重ね合う。三十年後明らかになる驚愕の真相とは。現代に響く傑作ミステリ。（内澤旬子）
こ-34-6

小森健太朗
駒場の七つの迷宮
80年代東大駒場キャンパス。新興宗教系サークルと反カルトの学生たちとのいさかいの中、駒場寮で殺人事件が発生。天才的な勧誘活動で次々と入会者を獲得する想亜羅が疑われるが？
こ-35-3

呉 勝浩
おれたちの歌をうたえ
元刑事の河辺のもとに、ある日かかってきた電話。その瞬間、封印していた記憶があふれ出す。真っ白な雪と、死体——。40年前の事件を洗いはじめた河辺は、ある真実へとたどり着く。
こ-51-1

笹本稜平
時の渚
探偵の茜沢は死期迫る老人から、昔生き別れになった息子を捜し出すよう依頼される。やがて明らかになる「血」の因縁と意外な結末。第18回サントリーミステリー大賞受賞作品。（日下三蔵）
さ-41-1

佐々木 譲
廃墟に乞う
道警の敏腕刑事だった仙道は、ある事件をきっかけに休職中。だが、心身ともに回復途上の仙道には、次々とやっかいな相談事が舞い込んでくる。第百四十二回直木賞受賞作。（佳多山大地）
さ-43-5

（　）内は解説者。品切の節はご容赦下さい。

佐々木　譲
地層捜査
時効撤廃を受けて設立された「特命捜査対策室」。たった一人の専従捜査員・水戸部は退職刑事を相棒に未解決事件の深層へ切り込む。警察小説の巨匠の新シリーズ開幕。（川本三郎）
さ-43-6

坂上　泉
インビジブル
昭和29年の大阪で起きた連続猟奇殺人事件。中卒叩き上げの刑事・新城と警察官僚・守屋が戦後日本の巨大な闇に迫る。大藪賞＆推理作家協会賞W受賞の傑作エンタメ。（門井慶喜）
さ-75-2

島田荘司
盲剣楼奇譚
昭和二十年九月、金沢の芸者置屋・盲剣楼を軍人くずれの無頼の徒が襲撃した。密室状態の中で乱暴狼藉の限りを尽くす五人の男を一瞬にして斬り殺した謎の美剣士の正体は？（山岸　塁）
し-17-13

真保裕一
こちら横浜市港湾局みなと振興課です
山下公園、氷川丸や象の鼻パーク、コスモワールドの観覧車、外国人居留地――歴史的名所に隠された謎を解き明かせ。港町・横浜ならではの、出会いと別れの物語。（細谷正充）
し-35-9

真保裕一
おまえの罪を自白しろ
衆議院議員の宇田清治郎の孫娘が誘拐された。犯人の要求は「記者会見を開き、罪を自白しろ」。犯人の動機とは一体？　圧倒的なリアリティで迫る誘拐サスペンス。（新保博久）
し-35-10

真保裕一
奇跡の人
相馬克己は、交通事故で脳死が危ぶまれながらも命をとりとめた。しかし彼は事故以前の記憶を全く失っていた。母の遺した日記をもとに自分探しを始めるが……。（北上次郎）
し-35-11

雫井脩介
検察側の罪人（上下）
老夫婦刺殺事件の容疑者の中に、時効事件の重要参考人が。今度こそ罪を償わせると執念を燃やすベテラン検事・最上だが、後輩の沖野はその強引な捜査方針に疑問を抱く。（青木千恵）
し-60-1

（　）内は解説者。品切の節はご容赦下さい。

塩田武士
雪の香り
十二年前に失踪した恋人が私の前に現れた。だが彼女には何か大きな秘密があるらしい。彼女が隠す「罪」とは。『罪の声』著者が京都の四季を背景に描く純愛ミステリー。（尾関高文）
し-63-1

髙村　薫
地を這う虫
——人生の大きさは悔しさの大きさで計るんだ。夜警、サラ金とりたて業、代議士のお抱え運転手……。栄光とは無縁に生きる男たちの敗れざるブルース。「愁訴の花」「父が来た道」等四篇。
た-39-1

高野和明
13階段
前科持ち青年・三上は、刑務官・南郷と記憶の無い死刑囚の冤罪をはらす調査をするが、処刑まで時間はわずか。無実の命を救えるか？　江戸川乱歩賞受賞の傑作ミステリー。（友清　哲）
た-65-2

大門剛明
鑑識課警察犬係
闇夜に吠ゆ
鑑識課警察犬係に配属された岡本都花沙はベテラン警察犬アクセル号と組むことに。元警察官の凄腕ハンドラー・野見山俊二の手も借り、高齢者の失踪、ひき逃げ事件などの捜査に奔走する。
た-111-1

知念実希人
レフトハンド・ブラザーフッド（上下）
左腕に亡き兄・海斗の人格が宿った高校生・岳士は殺人事件に巻き込まれ、容疑者として追われるはめに。海斗の助言で、真犯人を見つけるため危険ドラッグの密売組織に潜入するが。
ち-11-1

知念実希人
十字架のカルテ
精神鑑定の第一人者・影山司に導かれ、事件の容疑者たちの心の闇に迫る新人医師の弓削凜。彼女にはどうしても精神鑑定医になりたい事情があった——。医療ミステリーの新境地！
ち-11-3

辻村深月
太陽の坐る場所
高校卒業から十年。有名女優になった元同級生キョウコを同窓会に呼ぼうと画策する男女六人。だが彼女に近づく程に思春期の痛みと挫折が甦り……。注目の著者の傑作長編。（宮下奈都）
つ-18-1

（　）内は解説者。品切の節はご容赦下さい。

水底フェスタ
辻村深月
彼女は復讐のために村に帰って来た――過疎の村に帰郷した女優・由貴美。彼女との恋に溺れた少年は彼女の企みに引きずり込まれる。待ち受ける破滅を予感しながら…。（千街晶之）
つ-18-2

神様の罠
辻村深月・乾くるみ・米澤穂信
芦沢央・大山誠一郎・有栖川有栖
ミステリー界をリードする六人の作家による、珠玉の「罠」。最愛のひととの別れ、過去がふいに招く破綻、思いがけず露呈するほころび、知的遊戯の結実、コロナ禍でくるった日常……。
つ-18-50

アナザーフェイス
堂場瞬一
家庭の事情で、捜査一課から閑職へ移り二年が経過した大友だが、誘拐事件が発生。元上司の福原は強引に捜査本部に彼を投入する……。最も刑事らしくない男の活躍を描く警察小説。
と-24-1

ラストライン
堂場瞬一
定年まで十年の岩倉剛は捜査一課から異動した南大田署で独居老人の殺人事件に遭遇。さらに新聞記者の自殺も発覚し――。行く先々で事件を呼ぶベテラン刑事の新たな警察小説が始動！
と-24-14

偽りの捜査線
警察小説アンソロジー
誉田哲也・大門剛明・堂場瞬一・鳴神響一
長岡弘樹・沢村鐵・今野敏
刑事、公安、交番、警察犬……。あの人気シリーズのスピンオフや、文庫オリジナル最新作まで。警察小説界をリードする7人の作家が集結。文庫オリジナルで贈る、豪華すぎる一冊。
と-24-70

最後の相棒
歌舞伎町麻薬捜査
永瀬隼介
伝説のカリスマ捜査官・桜井に導かれ、新米刑事・高木は新宿歌舞伎町を舞台にした命がけの麻薬捜査にのめり込んでいく。予想外の展開で読者を翻弄する異形の警察小説。（村上貴史）
な-48-6

逃亡遊戯
歌舞伎町麻薬捜査
永瀬隼介
新宿署組織犯罪対策課の若手刑事・高木はやり手主任の洲本と、時に鍔迫り合いを演じ、時に協力しながら麻薬捜査に邁進する。やがて二人は宿敵のテロリスト姉弟と再び相まみえるが……。
な-48-7

（　）内は解説者。品切の節はご容赦下さい。

中山七里
静おばあちゃんにおまかせ
警視庁の新米刑事・葛城は女子大生・円に難事件解決のヒントをもらう。円のブレーンは元裁判官の静おばあちゃん。イッキ読み必至の暮らし系社会派ミステリー。（佳多山大地）
な-71-1

中山七里
静おばあちゃんと要介護探偵
静の女学校時代の同級生が密室で死亡。事故か、自殺か、他殺か？　元裁判官で現役捜査陣の信頼も篤い静と、経済界のドン・玄太郎の〝迷〟コンビが五つの難事件に挑む！（瀧井朝世）
な-71-4

中山七里
銀齢探偵社
静おばあちゃんと要介護探偵2
車椅子の暴走老人・玄太郎が入院する事態に。その上、静の裁判官時代の同僚らが謎の不審死を遂げる。真相を追及する老老コンビのノンストップミステリー第2弾！（香山二三郎）
な-71-5

長岡弘樹
119
消防司令の今垣は川べりを歩くある女性と出会って……（「石を拾う女」）。他、人を救うことはできるのか――短篇の名手が贈る、和佐見市消防署消防官たちの9つの物語。（西上心太）
な-84-1

鳴神響一
鎌倉署・小笠原亜澄の事件簿
稲村ヶ崎の落日
鎌倉山にある豪邸で文豪の死体が発見された。捜査一課の吉川は、鎌倉署の小笠原亜澄とコンビを組まされ捜査にあたるが……。謎の死と消えた原稿、凸凹コンビは無事に解決できるのか？
な-86-1

鳴神響一
鎌倉署・小笠原亜澄の事件簿
由比ヶ浜協奏曲
鎌倉で管弦楽団のコンサート中にコンサートマスターが殺される事件が起こった。早速、亜澄と元哉の凸凹コンビは事件を調べるが……。コンマスは何故殺されたのか？　シリーズ第二弾。
な-86-2

鳴神響一
鎌倉署・小笠原亜澄の事件簿
極楽寺逍遥
鎌倉大仏付近の丘の上で見つかった撲殺体。被害者の鰐淵貴遥は彼の父が所有するある美人画を熱心に研究していた。絵画に隠された悲しき謎に、亜澄と元哉の幼馴染コンビが挑む。
な-86-3

（　）内は解説者。品切の節はご容赦下さい。

波木　銅
万事快調（オール・グリーンズ）
「クソ田舎」からおさらばするため、3人の女子高生は学校の屋上で大麻の栽培を始める――。若さの衝動とセンスフルなユーモアが炸裂する、松本清張賞受賞の傑作青春小説。（磯部　涼）
な-87-1

新田次郎
山が見ていた
夫を山へ行かせたくない妻が登山靴を隠す。その恐ろしい結末とは。少年をひき逃げした男が山へ向かうと。切れ味鋭く人間の業を抉る初期傑作ミステリー短篇集。新装版。（武蔵野次郎）
に-1-46

西澤保彦
黄金色（きんいろ）**の祈り**
他人の目を気にし、人をうらやみ、成功することばかり考えている「僕」は、人生の一発逆転を狙って作家になるが……。作者の実人生を思わせる、異色の青春ミステリー小説。（小野不由美）
に-13-1

貫井徳郎
追憶のかけら
失意の只中にある松嶋は、物故作家の未発表手記を入手するが、彼の行く手には得体の知れない悪意が横たわっていた。二転三転する物語の結末は？　著者渾身の傑作巨篇。（池上冬樹）
ぬ-1-2

貫井徳郎
夜想
事故で妻子を亡くした雪藤が出会った女性・遙。彼女は、人の心に安らぎを与える能力を持っていた。名作『慟哭』の著者が、「新興宗教」というテーマに再び挑む傑作長篇。（北上次郎）
ぬ-1-3

貫井徳郎
空白の叫び（全三冊）
外界へ違和感を抱く少年達の心の叫びは、どこへ向かうのか。殺人を犯した中学生たちの姿を描き、少年犯罪に正面から取り組んだ、驚愕と衝撃のミステリー巨篇。（羽住典子・友清　哲）
ぬ-1-4

貫井徳郎
壁の男
北関東の集落の家々の壁に絵を描き続ける男。彼自身は語らないが、「私」が周辺取材をするうちに男の孤独な半生と悲しい真実が明らかに。読了後、感動に包まれる傑作。（末國善己）
ぬ-1-8

（　）内は解説者。品切の節はご容赦下さい。

乃南アサ
紫蘭の花嫁
謎の男から逃亡を続けるヒロイン、三田村夏季。同じ頃、神奈川県下で連続婦女暴行殺人事件が……。追う者と追われる者の心理が複雑に絡み合う、傑作長篇ミステリー。（谷崎　光）
の-7-1

乃南アサ
暗鬼
嫁いだ先は大家族。温かい人々に囲まれ何不自由ない生活が始まったが……。一見理想的な家に潜む奇妙な謎に主人公が気付いた時、呪われた血の絆が闇に浮かび上がる。（中村うさぎ）
の-7-3

東野圭吾
秘密
妻と娘を乗せたバスが崖から転落。妻の葬儀の夜、意識を取り戻した娘の体に宿っていたのは、死んだ筈の妻だった。日本推理作家協会賞受賞。（広末涼子・皆川博子）
ひ-13-1

東野圭吾
予知夢
十六歳の少女の部屋に男が侵入し、母親が猟銃を発砲。逮捕された男は、少女と結ばれる夢を十七年前に見たという。天才物理学者が事件を解明する、人気連作ミステリー第二弾。（三橋　暁）
ひ-13-3

東野圭吾
ガリレオの苦悩
〝悪魔の手〟と名乗る人物から、警視庁に送りつけられた怪文書。そこには、連続殺人の犯行予告と、湯川学を名指しで挑発する文面が記されていた。ガリレオを標的とする犯人の狙いは？
ひ-13-8

東川篤哉
魔法使いと最後の事件
小山田刑事の家で働く家政婦兼魔法使いのマリィが突然姿を消した!?　だが、事件現場には三角帽に箒を持った少女の目撃情報が……。ミステリと魔法の融合が話題の人気シリーズ完結編！
ひ-23-5

東川篤哉
もう誘拐なんてしない
大学生・翔太郎はヤクザの娘達と知り合うが、狂言誘拐に担ぎ出されて右往左往するはめに。下関を舞台に攻防戦が繰り広げられる本格＆旅情＆ユーモアミステリ。（大矢博子）
ひ-23-6